SISYPHUS

Bücher von Kurt Leutgeb im Sisyphus Verlag

Mensch

K2

Die Unschärfe

Schöffe. Ein demokratischer Roman

Das Wetter

Marathon. Versuch einer Leichtigkeit

Humana fraus

Kirchstetten

Berlin &Paris. Roman

Als Herausgeber:

Gegen den Ball. Wenn Autoren kicken

LEUTGEB BERLIN & PARIS NOVELLE

www.sisyphus.at

Buchgestaltung: Walter Franz Oberhauser

ISBN 978-3-903125-89-6

12,80 EURO

KURT
LEUTGEB

BERLIN & PARIS

NOVELLE

Mit einem Vorwort des Autors
und einem Nachwort von Winfried Gindl

SISYPHUS

Vorwort

Im Frühjahr 2016, nach dem Tod David Bowies, verfasste ich binnen ein, zwei Wochen den vorliegenden Text, und zwar für mich selbst: *Mihi ipsi scripsi.* Von meiner im Jahr davor im Sisyphus Verlag erschienenen Erzählung *Humana fraus* waren nur ungefähr fünfzig Stück verkauft worden, davon neunundzwanzig dank meinem Autorenfußballfreund Rudi an eine Lateinklasse in einem Gymnasium, und ich hatte beschlossen, höchstens auf kurtleutgeb.com noch der Welt meine Werke zu offerieren.

Einige Monate später weilte ich mit dem Österreichischen Autorenfußballteam beim Poesietag in Basel. Dort tauschte ich, weil sie auf dem Verkaufstisch liegen geblieben waren, mit meinem Amtsvorgänger als Autorenfußballpräsident und nunmehrigen Kassier Martin eine *Humana fraus* gegen seinen exzellenten ersten Gedichtband, der den Titel *100.000 verkaufte Exemplare* trägt. Nachdem er *Humana fraus* gelesen hatte, war Martin sehr verärgert; von dem Buch müsse man nicht zwanzig oder fünfzig Stück verkaufen, sondern mindestens 20.000. Ob ich nicht ein Manuskript hätte, das man bei einem marktmächtigen Verlag unterbringen könnte?

So kam *Berlin & Paris* zu einer großen, in Berlin ansässigen Literaturagentur. Am Telephon sagte mir der Agent, ich solle den Text auf zweihundertzwanzig Seiten erweitern und ihm zwischendurch ein paar Kapitel schicken. Im Laufe einiger Jahre erweiterte ich *Berlin & Paris* auf fast auf das Zeichen genau zweihundertzwanzig deutsche Normseiten à tausendachthundert Anschläge. Der Agent verhielt sich wie ein Verlag: Er beantwortete meine Emails nicht. Da zur Berliner Agentur nicht durchzudringen war, schrieb Martin eine Vielzahl von Verlagen an, welche einer nach dem anderen mein Romanmanuskript ablehnten. Das war besser als die Nichtantworten, an die ich gewohnt war.

Durch Vermittlung meines großartigen Freundes, Fürsprechers und Schriftführers Clemens kam ich bei einer erstrangigen Münchner Literaturagentur unter. Die sehr fähige und kompetente Agentin Martina bot mein Manuskript Verlag um Verlag an; die kleineren lehnten ab, die größeren antworteten auch ihr nicht, wo es um meine Belange ging. So kam es, dass der Roman im Frühjahr 2023 doch wieder im Sisyphus Verlag erschien. Ich fühlte mich wie ein schon sehr erwachsener Sohn, der wieder bei den Eltern einzieht. Aber immerhin dachte ich, nach all den Jahren endlich mit *Berlin & Paris* abgeschlossen zu haben.

Keineswegs bin ich durch das Publizieren in einem Kleinstverlag aus dem literarischen Feld exkludiert; ich bin in ihm marginalisiert. Und auch meine Ästhetik existiert nicht in einem abgeschlossenen Raum. Eine Zeitlang zierten die Schaufenster der Buchläden und die Shortlists der Literaturpreise — von denen ich freilich exkludiert bin — Romane, die nach Weltstädten benannt sind. Das war, aus meiner Position besehen, natürlich eine Vulgarität. Also nannte ich mein Buch nach einem kleinen Dorf *Kirchstetten*. Und wenn schon Weltstädte, dann gleich zwei, *Berlin & Paris*. Als Bourdieusianer weiß ich, wie Distinktion funktioniert.

Wenn ich nun, auf Wunsch von Winfried, dem hochverdienten Leiter des Sisyphus Verlags, im Herbst 2024 den im Frühjahr 2016 verfassten Urtext herausgebe, so folge ich mit der einem Philologen geziemenden pedantischen Genauigkeit dem Horaz'schen *Nonumque prematur in annum* — bis ins neunte Jahr hinein soll man sein Werk zurückhalten. Und wenn ich auch einen Gutteil dieser Jahre auf die Verbesserung meines Textes verwendete, freilich nicht indem ich etwas weggefeilt hätte, sondern indem ich vielerlei hinzufügte, so ist die Novelle davon gänzlich unberührt. Dennoch ist sie heute ein anderes Buch als Anfang 2016. Das Brexit-Referendum und die amerikanische Präsidentschaftswahl in jenem Jahr markieren einschneidende Ereignisse in Verhältnis der Anglosphäre zu Kontinentaleuropa, welches ja eines der großen Themen meines Textes ist. Und die Konflikte zwischen Ost und West, Autoritarismus und Demokratie, Unterdrückung und Freiheit sind heute wieder ganz ähnlich präsent wie vor einem halben Jahrhundert.

Kürzlich besuchte ich die Prager Burg. Dort kann man sich stundenlang, tagelang durch die Paläste, Kaiserlichen Stallungen, Adeligen Damenstifte, Gemäldegalerien, Bibliotheken, Gärten, Basiliken und so weiter führen und sich alles lang und breit erklären lassen; das wäre der

Roman. Oder man spaziert, wie wir es taten, herum, lugt da und dort durch die Fenster und Türen, hält Augen und Ohren offen und genießt den Ausblick auf die Stadt; das ist die Novelle.

Mein Dank gilt Martin Amanshauser und Clemens Berger; Martina Schmidt; und Winfried Gindl, der mein erzählerisches Werk seit einem Vierteljahrhundert unterstützt. Ganz besonderen Dank an Susanne, Lea und Jaron.

Eichgraben, 24. Juli 2024

I

A

DAVID ist früh dran. Von seinem Haus in Bel Air rechnet er mit einer halben Stunde die Stone Cranyon Road hinunter und über den Sunset Boulevard, den Holloway Drive und den Santa Monica Boulevard zum Studio in der North Fairfax Avenue. Aber heute ist seltsamerweise sehr wenig Verkehr, da wird er die sieben Meilen in zwanzig Minuten schaffen.

Er fährt nicht gern selbst, aber in L. A. geht es oft nicht anders. Er hat mit so vielen Leuten zu tun, ohne irgendjemanden zu kennen. Er schläft sehr wenig und wacht immer alleine auf, meistens zuhause. Die Frauen, alle stark und schwarz, kommen und gehen, wie sie wollen. Sie bleiben nie, weil sie glauben, dass er keine Zeit für sie hat. Wenn er etwas braucht, genügt ein Anruf, und er hat es. Essen, Trinken, Drogen, Frauen, Männer, Freunde, Fahrer, Friseur, Schneider: alles kein Problem. Die Milch, die sie ihm gallonenweise bringen, hält mehrere Wochen, also hat er auch keinen Vorwand, in den Supermarkt zu gehen. Den roten Paprika kauft er manchmal auf dem Bauernmarkt frisch, das erledigt er im Vorbeifahren. Sonst isst und trinkt er nicht viel. Das Verdauen würde ihn nur vom Arbeiten abhalten. Zum Arbeiten ist er nach L. A. gekommen, und was soll er auch sonst hier tun? Das Kokain besorgt ihm sein neues Management. Sein altes

Management, in England, hat er gefeuert und geklagt. Seine Musiker in England hat er auch gefeuert, zumindest sehen sie das so. Sie klagen ihn aber nicht. Er wollte kein Musiker mehr sein, oder nicht mehr nur Musiker, darum ging er weg aus London. Er weiß, dass er gut singen kann und eine starke Bühnenpersönlichkeit ist, aber Musiker? Nein, er ist kein guter Musiker, ist überhaupt kein Musiker. Aber er ist ein Schauspieler, da ist er sich sicher. Und deshalb ging er nach L.A. Er ist ein Schauspieler, Drehbuchautor, Filmmusikkomponist. Mehr als zwei seiner elf Monate in L.A. war er bei einem Filmdreh in der Wüste von Nevada. Aber sonst hat sich nicht viel getan für ihn in Hollywood, obwohl er ein weltbekannter Rockstar ist. Die Musik, die er für den Film, in dem er die Hauptrolle spielt, hätte schreiben sollen, hat er nicht geschrieben. Statt der Filmmusik sind ihm Lieder eingefallen, ein ganzes Album. Und wenn ihm etwas einfällt und der Einfall ihn überzeugt, dann muss er es machen. Die Rechtsanwälte, die Manager, die schwulen Buben, die schwarzen Frauen, die Dealer, seine Frau — niemand kann ihn aufhalten, bis er das Kunstwerk, von dessen Konzept er überzeugt ist, geschaffen hat.

Alle Parkplätze neben dem Studio sind frei. Die Tür ist verschlossen, kein Zeichen von Leben dringt aus dem Haus 751 N Fairfax Avenue. Dabei soll es doch in zehn Minuten losgehen, alles sollte längst bereitsein. Studiozeit ist teuer. Und die Musiker, die Tontechniker, die Klangingenieure haben ihre Zeit nicht gestohlen. Niemand in L.A. hat seine Zeit gestohlen. Auch die Dealer nicht, auch die Groupies nicht. Und niemand würde annehmen, er hätte seine Zeit gestohlen, wo er doch ein Rockstar ist. Die Leute glauben, jede Sekunde eines Rockstars wäre kostbar. Und sie ist ja auch oft tausende Dollar wert. Dabei sitzt er regelmäßig nachmittagelang und nächtelang in seinem abgedunkelten Zimmer vor dem Fernseher und fragt sich, ob es möglich sein könnte, auf einen anderen Kanal zu schalten, ohne auf die Fernbedienung zu drücken. Ob sein Wille stark genug sei, das zustandezubringen. Er hat es noch nicht geschafft.

Er setzt Hut und Sonnenbrille auf, zündet sich eine rote Marlboro an, geht zum nächsten Münztelephon, dreht sich mit dem Rücken zum Gehsteig, damit ihn kein Passant erkennt, und ruft im Büro seines Managers an. Aber niemand hebt ab. Er versucht es noch einmal, vielleicht hat er sich ja verwählt. Er lässt es ganz lang läuten, aber niemand hebt ab. Die Privatnummer seines neuen Managers fällt ihm nicht ein, nur die seines alten in London, aber gegen den prozessiert er ja. Kiki? Ja, seine persönliche Assistentin, Kiki Sachs, kann er anrufen, das ist eine Londoner Nummer, die er immer im Gedächtnis behält. Wenn nur die Münzen für das Ferngespräch reichen. Die Vermittlung sagt ihm, wieviel er einwerfen soll, und er tut es. Dann meldet sich die verschlafene Stimme seiner persönlichen Assistentin.

— David? Es ist mitten in der Nacht!

— Oh, entschuldige! Ich vergaß. Ich war in Gedanken ganz in England, aber zur Westküstenzeit.

— Ist etwas passiert?

— Gut, es fallen Engel und Menschen vor meinem Fenster vom Himmel. Aber ich habe das Swimmingpool ausgelassen, jetzt fallen sie woanders. Und Aleister Crowleys Leute verfolgen mich. Ist aber kein Problem, denn ich male die korrekten Symbole aus der Kaballah, deshalb können sie mir nichts anhaben.

— Wo bist du, David?

— Vor dem Cherokee Studio, Fairfax.

— Okay, und hast du dort ein Problem?

— Nein. Es ist nur niemand da. Im Studio.

— David, du nimmst am Montag ab zehn Uhr auf. Heute ist Sonntag. Du bist vierundzwanzig Stunden zu früh dran.

Sechsunddreißig Stunden später sitzt David auf dem Beifahrersitz seines Autos und fährt zurück nach Bel Air. Am Samstag hat er bei einem Typen aus der Studioband Gitarre gespielt und gesungen, dann war er mit einer Freundin in Venice auf dem Strand (die bösen Blicke der schwarzen Männer), aß Austern mit ihr, trank auf einer Party Apfelsaft, hatte einmal Sex (dünner weißer Mann fickt starke schwarze Frau) und schlief sogar zwei, drei Stunden, ehe er heute den ganzen Tag aufgenommen hat.

Am Steuer seines Wagens sitzt Kiki. Nach Davids nächtlichem Anruf hat sie das nächste Flugzeug genommen und ist von LAX direkt in die Fairfax Avenue gefahren. Die Groupies haben sie etwas verächtlich angeschaut, mit ihren strähnigen Haaren und ihren altweltlichen Kleidern und ihrer unglamourösen Erscheinung. Aber David hat ihr nach der letzten Aufnahme sofort seinen Autoschlüssel gegeben und sie sind losgefahren.

— Wow, sagt sie, als sie den Wagen vor Davids Haus abstellt und auf die nächtlichen Lichter von L. A. hinunterblickt.

— Niemand hat das je hier gesagt, sagt David. Aber du hast recht. Wow!

Kiki zieht überall im Haus die Jalousien hoch. Die Fenster lassen sich nicht öffnen, außerdem würde die Alarmanlage losgehen, wenn man das versuchte. Aber die Eingangstür und die Verandatür macht sie auf, die Abendluft zieht durch die klimatisierten Räume. Sie lässt das Swimmingpool ein und sagt David, er soll nicht ständig koksen. Er findet im Kühlschrank ein Bier und baut einen Joint. Sie schmeißt einen Sack mit abgeschnittenen Finger- und Zehennägeln und allerlei anderes grausiges Zeug weg.

Sie springen ins Swimmingpool. Danach frieren sie auf der Veranda, denn sie sind müde, das Wasser war auch für ihr britisches Empfinden sehr kalt und es ist ein windiger, kühler Oktoberabend. Sie setzen sich ins Haus, stellen den Temperaturregler auf achtzig Grad Fahrenheit, hören Elvis Presley und rauchen.

— Ich will wieder ein Engländer in England sein, sagt David.

— Aber dort ist deine Frau, sagt Kiki. Du bist doch weggegangen, damit du sie losbist.

— Ja, sie ist die Amerikanerin in England und ich bin der Engländer in Amerika. Ich wollte in Hollywood etwas erreichen.

— Schauspieler sein, wie sie Schauspielerin sein wollte, aber nur deine Frau wurde.

David lacht freundlich. Er hat seine höfliche, nette Art aus Londoner Tagen nicht ganz verloren, aber sie ist von einer Anstrengung und Störung verzerrt, die Kiki nicht ganz versteht.

— Gut, sagt David, wenn England also besetzt ist, wohin dann?

— In die Schweiz? Skifahren, bergwandern, frische Luft atmen?

— Unbedingt, aber das ist ein Urlaub. Ich brauche einen Wohnsitz.

— Bali? Eine Karibikinsel?

— Perfekt, perfekt! Aber das sind auch Urlaubsdestinationen. Ich will in eine westliche Stadt, eine große, wichtige Stadt in der westlichen Zivilisation. L. A. ist die westlichste westliche Stadt, westlich davon ist nur mehr der Pazifik. Ich muss zurück in den Osten des Westens.

— In Europa gibt es traditionell nur vier Städte: London, Paris, Wien und Berlin. Der Rest ist Peripherie, zum Beispiel Amsterdam oder Kopenhagen oder Zürich. Rom und Madrid gehören der mediterranen Zivilisation an, das sind gehobene Alexandrias und Casablancas. Und Prag und Warschau sind heute Osten.

— Ich bin mit Iggy einmal mit dem Zug von Westeuropa über Warschau nach Moskau gefahren. Eine Russe hat im Speisewagen eine Anekdote erzählt, die ging so. Fährt ein Russe von Moskau nach Paris und ein Franzose von Paris nach Moskau. In Warschau müssen sie umsteigen. Der Russe steigt in Warschau aus dem Zug und glaubt, er ist in Paris. Der Franzose steigt auch in

Warschau aus dem Zug und glaubt, er ist in Moskau.

— Tolle Anekdote, sagt Kiki. Sie schweigen.

— Ich habe gewusst, dass ich in Warschau bin. Ziemlich kaputt, die Häuser nicht hergerichtet, aber trotzdem schön und kultiviert. Moskau ist dann mehr ein gefrorenes New York. Egal, ich weiß schon, wo ich hinwill. London fällt also aus. Paris ist mir zu französisch, da passen Amerikaner hin, vielleicht noch Iren, ein Engländer jedenfalls nicht. Und Wien ist tot, Wien ist stattliche Spießer, Johann Strauß und ein paar nostalgische Juden, die Schönberg spielen. Bleibt also nur Berlin. Die östlichste westliche Stadt. Eigentlich eine ummauerte westliche Exklave im kommunistischen Osten.

B

JIM ist spät dran, aber er hat nicht weit. Von seinem Motel auf dem La Cienega Boulevard, Ecke Santa Monica Boulevard, geht er circa zwei Minuten zur Doors-Werkstatt. Ein paar sichere humpelnde Schritte La Cienega hinunter, an der Kreuzung kurz warten, den Santa Monica Boulevard überqueren, ein paar weitere sichere humpelnde Schritte bis 8512 Santa Monica Boulevard.

Die Tür ist verschlossen. Die anderen kommen also erst, obwohl doch er spät dran ist. Dabei ist heute wenig Verkehr, hat er bemerkt. Er sperrt die Tür auf und geht zum Kühlschrank. Kein Bier. Aber auf dem Kühlschrank findet er einen Hut und eine Sonnenbrille. Hier hat er sie also gestern liegen lassen. Dabei ist er sich sicher, dass er fast nüchtern war, als er aufbrach. Seine Erinnerung verliert sich erst später, irgendwo sang er bei einem Swimmingpool Blues-Lieder, lag auf dem Rücksitz eines fahrenden Autos, hatte viel Whiskey getrunken und auch sonst geschluckt, was man ihm gab. Irgendwie muss er aber wieder in sein Motel zurückgekommen sein.

Heute fühlt er sich ausgeruht und energiegeladen wie schon lange nicht. Die Schmerzen im Bein, in der Brust und im Magen spürt er kaum. Er will arbeiten, und da die anderen noch nicht dasind, geht er wieder zur Ecke La Cienega/Santa Monica zurück und kauft im Monaco

Liquor so viel Bier, wie er tragen kann, dazu Apfelsaft für die anderen Doors. John trinkt immer Fruchtsaft. Ray hat früher Bier getrunken und trinkt jetzt meistens Saft. Robby hat früher Saft getrunken und trinkt jetzt manchmal Bier. Jim hat früher nur am Wochenende Alkoholhaltiges getrunken, jetzt trinkt er tagsüber Bier, abends Whiskey. Auf dem Rückweg schielt er vorsichtig über die Straße zum Fenster von Jacs Büro.

Jac würde Jim auch mit Bart und Hut und Sonnenbrille und Bierbauch aus der Entfernung erkennen, schon an der schwarzen Lederhose. Alle erkennen ihn an der schwarzen Lederhose. Überhaupt kennen ihn die Leute hier, es ist wie in einer Kleinstadt.

Jim gibt die Getränke in den Kühlschrank und geht ins Badezimmer. Sein Mikrophon ist bereit, aber wo sind Ray, Robby und John? Wo ist Jerry, Elvis' Bassist, den die Doors für die Aufnahmen engagiert haben? Wo ist Marc, der Rhythmusgitarrist? Und vor allem, wo ist Bruce, der Toningenieur der Doors, mit dem sie die Platte produzieren? Jim zündet sich eine rote Marlboro an und singt in das tote Mikro.

Paul, der Produzent ihrer ersten fünf Platten, hat die Zusammenarbeit mit den Doors beendet, weil ihm die Musik der sechsten zu lahm war. Wie eine Cocktailband würden sie klingen. Vielleicht hatte Pauls Entscheidung auch damit zu tun, dass Jim unzuverlässig war und eigentlich nicht singen wollte, kein Rockstar mehr sein wollte. Vom supermodernen Elektrastudio hat Bruce sie in die primitive Doors-Werkstatt geholt. Hier zahlen sie sowieso

Miete, also kosten die Aufnahmetage nicht zusätzlich. Das neue Elektrastudio wurde mit den Einnahmen aus den Doors-Alben gebaut, aber die Doors zahlen dort trotzdem Miete. Jac hat ihnen zehn Prozent Nachlass gewährt und die Doors haben lachend akzeptiert. Die Doors zahlen auch Jims Kaution, wenn er verhaftet wird, was in den letzten Monaten einige Male vorkam. Pams Boutique *Thetis,* ebenfalls ganz in der Nähe auf dem La Cienega Boulevard, hat ursprünglich Jim finanziert, und neuerdings haben ebenfalls die Doors die Zahlungen übernommen. Für das Haus in der Norton Avenue, nur einen kurzen Spaziergang von der Doors-Werkstatt entfernt, zahlt auch Jim, obwohl Pam jetzt im Haus auf dem Verbena Drive lebt, für das letztlich auch Jim zahlt. Sie haben gestritten, Jim ist ausgezogen und wohnt die meiste Zeit im Alta Cienega Motel.

Jim verlässt das Badezimmer. Der zum Tonstudio umfunktionierte Proberaum der Doors ist klein. Außer den Instrumenten und Aufnahmegeräten steht auch noch ein Flipper da. Vor ein paar Monaten hat Jim auf der Isle of Wight The Who gehört, sie haben dort zum ersten Mal *Tommy* gespielt, ihre Rockoper über die Karriere eines blinden taubstummen Flipperspielers. Tommy ist der Sohn eines Hauptmanns der britischen Armee, hat Jim mitbekommen. Er selbst ist der Sohn eines amerikanischen Konteradmirals. Die Kugel rollt, Jim trifft sie, sie wird geschubst, die Maschine klingelt und leuchtet, Jim trifft die Kugel wieder. Als Rockstar ist man so eine Kugel, nicht der Flipperspieler. Man rollt, rollt, rollt, die Welt leuchtet und klingelt, man wird getroffen und geschubst und rollt, rollt, rollt. Es wäre schön, kein Rockstar zu sein.

Und er ist ja auch kein Rockstar mehr, zumindest nicht mehr ein solcher wie früher. Ein fünfundzwanzig Pfund schwerer Fettpanzer schützt seinen Körper vor der Welt und ein langer dichter Bart sein Gesicht. Die Frauen, die er einige Jahre neben Pam unterhielt, hat er weitgehend vergraulen können. Als er nach Monaten, irgendwo in einem Hotelzimmer, endlich wieder einmal wichste, war das eine große Befreiung und Selbstfindung. Nach dem Skandal von Miami ist es für die Doors schwierig geworden, irgendwo aufzutreten, denn die Veranstalter buchen sie nicht, die Sheriffs erlauben sie nicht und die diversen Polizeigruppierungen observieren sie und warten nur darauf, sie von neuem anzuklagen. Und nach dem Fiasko von New Orleans haben die Doors ohnehin beschlossen, keine Konzerte mehr zu geben. Die letzte, sechste Platte, dann wollen sie weitersehen. In fünf Aufnahmetagen haben sie ebensoviele Lieder fertig eingespielt, eine ganze LP-Seite. Bei den vorigen Platten haben sie für jedes Lied ein, zwei Wochen gebraucht.

Und er ist auch kein Rockstar mehr, weil er Dichter und Filmemacher ist. Ein einflussreiches und anerkanntes New Yorker Verlagshaus hat einen Gedichtband von ihm herausgebracht, er steht in den Buchläden neben den großen Werken der Weltliteratur. Der Film über die Doors, den er mit seinen Freunden und Saufkumpanen Babe, Frank und Paul gemacht hat, ist zwar kein Meisterwerk geworden, hat aber einen Anerkennungspreis beim Filmfestival von Atlanta gewonnen. Jetzt dreht Jim mit Babe, Frank und Paul einen Spielfilm über einen Autostopper, der die Autofahrer, die ihn mitnehmen, ermordet. Jim hat das Drehbuch geschrieben und spielt auch die Hauptrolle. Und er zahlt, über das Bandbudget, seine Freunde.

Irgendetwas stimmt nicht, irgendetwas ist nicht ganz richtig. Nicht nur, weil die anderen noch nicht da sind, sondern überhaupt in Amerika, in der Welt. Jim weiß, dass im allgemeinen die Gewalt für ihn als weißen Mann aus der Mittelschicht arbeitet. Er kommt aus dem Süden und akzeptiert das, da brauchen ihm die liberalen West- oder gar Ostküstler nichts zu erzählen. Es geht ihm um Kunst, Ausdruck und Erfahrung, um Sex und Tod und Transzendenz. Im Blues findet er das am besten, ungeachtet aller sozialen Realität und aller Rassenpolitik. Das letzte Konzert der Doors fand im Warehouse, einem alten Sklavenumschlagplatz in New Orleans statt, und Jim spürte, dass er dort nicht singen wollte. Er hat prinzipiell keine besondere Lust mehr, Konzerte zu spielen, aber dort wollte er schon gar nicht. Ray redete dann etwas von Voodoo-Geistern, die Jims Seele geschnappt hätten, doch davon hält Jim ungefähr so wenig wie von den östlichen Weisheitslehren, an denen John und Robby sich orientieren.

Natürlich wäre New Orleans nicht ohne Miami passiert. Miami hat alles verändert. Aber Miami musste passieren, damit sich alles verändern konnte. Jim war nicht Mick Jagger und wollte es nicht werden. Er wollte ein radikaler Künstler sein und war es auch, zumindest in seinem Inneren. Wenn er sich bezüglich Miami etwas vorwarf, dann die Tatsache, dass sein Handeln nicht originell war, sondern dem Living Theater nachgemacht, dessen sechs Vorstellungen in L. A. er kurz vor Miami sämtlich besucht hatte. Aber nicht wegen mangelnder Originalität und Radikalität ist er zum Empfänger der Gewalt geworden, sondern wegen unzüchtigen und lasziven Verhaltens hat das Gericht in Florida ihn zu sechs Monaten Gefängnis mit schwerer Arbeit verurteilt. Natürlich haben seine Anwälte berufen, natürlich ist er auf Kaution frei, er gehört ja der herrschenden Klasse an. Aber er ist tief beunruhigt. Er würde das halbe Jahr in Raiford nicht besser überstehen als Oscar Wilde die zwei Jahre in Wandsworth und Reading. Wilde überlebte die Haft und die Zwangsarbeit, aber er ging anschließend nach Frankreich, kehrte nie nach England oder Irland zurück, irrte durch Paris, soff und starb. Jim kann seinen Prozess notfalls bis zum Obersten Gerichtshof tragen, aber eine gewisse Gefahr, dass man ihn einsperrt, besteht immer. Er ist freilich nicht so pleite, dass er die Stadt nicht verlassen könnte.

Jim trinkt ein Tecate. Er fühlt sich noch wohler und ausgeruhter, aber niemand ist da, um mit ihm zu musizieren. Er überquert die eine Hälfte des Santa Monica Boulevards und bleibt auf den Schienen der aufgelassenen Eisenbahn auf dem Mittelstreifen stehen. Er muss lange warten, bis kein Auto kommt und er auch den zweiten Teil des Boulevards überqueren kann. Er findet sein Auto, fährt den Santa Monica Boulevard entlang, biegt links in die Gower Street ein, rechts in die Franklin Avenue, gleich wieder links und den Beachwood Drive hinauf zum

Haus 2522 Verbena Drive, wo er ein altes Taschenbuch mit dem Spätwerk Oscar Wildes vom Regal nimmt, sich ins Wohnzimmer setzt und liest.

— Jim?

Pam ist aufgestanden. Sie trägt einen seidenen Bademantel und raucht eine Zigarette. Sie wirkt nicht sehr erfreut.

— Jim? Alles okay?

— Alles bestens. Ich war in der Werkstatt, aber es kam keiner. Da dachte ich, ich schaue mal wieder zuhause vorbei.

— Jim, was wolltest du in der Werkstatt?

— Aufnehmen?

— Jim, ihr nehmt von Montag bis Samstag auf, Sonntag ist frei. Heute ist Sonntag.

— Sonntag? Ich dachte, Samstag. Waren deshalb die anderen nicht da?

— Das nehme ich an. Du hast dich vierundzwanzig Stunden verspätet.

— Kannst du mir einen Kaffee machen, Pam?

Es ist der verdammte lange Bart, den er sich wachsen hat lassen, weiß Jim. Früher war ihm klar, dass nicht nur eine Nacht vergangen sein konnte, wenn er rasiert eingeschlafen und mit ein Viertelzoll langen Barthaaren aufgewacht war. Aber jetzt könnte der Bart im Schlaf ein ganzes Zoll wachsen und er würde es nicht bemerken.

Jim und Pam sitzen auf der Terrasse, trinken Kaffee und rauchen. Nach einer Tasse Kaffee steigt Jim auf Bier um. Die Sonne scheint, in das Vogelgezwitscher mischt sich nur leichter Verkehrslärm und in Dunst gehüllt liegt unter ihnen L. A. Jim fragt nach den Ereignissen von Freitag Nacht und erfährt von Whiskey, Joints und LSD, dass er das Auto eines Freundes in den Graben gefahren hat und dass er am Samstag gegen Mittag schlafend oder bewusstlos in seinem Motel abgeliefert wurden. So hat man es Pam am Telephon erzählt und so erzählt sie es Jim wieder.

— Ich muss diese Platte fertigmachen. Aber dann will ich weg von hier. Weg von L. A., weg von den Doors. Weg von Amerika.

— Wohin willst du?

— Europa. Aber man wird mich nicht ausreisen lassen.

— Du kannst es versuchen. Ich könnte uns wieder eine Wohnung suchen, über eine Agentur.

— Wieder in London? Das war eine schöne Zeit mit uns in London.

— Siehst du dich in London? Nicht eher in Paris?

— London ist doch ein zentraler Ort für jeden Englischsprachigen, der zentrale Ort. Unsere Hauptstadt und unsere Heimatstadt, irgendwie.

— Aber die guten Amerikaner waren alle in Paris. Hemingway, Fitzgerald, Miller. Alle. In London waren nur Henry James und T. S. Eliot und solche Wichser.

— Stimmt! Paris klingt gut. Oder vielleicht Amsterdam? Kopenhagen? Dort sind die Leute weltoffen und locker drauf.

— Ja, aber das ist Provinz. Das ist nicht einmal San Francisco, das ist Seattle und Vancouver.

— Wahrscheinlich. Hat mir aber gut gefallen in Kopenhagen und in Amsterdam. Ganz anders als in Frankfurt.

— Deutschland kannst du sowieso vergessen. Besiegt und besetzt, ordnungsversessen und unfrei. Es gibt nur Paris.

II

A

VON DAVIDS neuer Wohnung in der Hauptstraße zum Studio in der Köthener Straße, direkt an der Mauer, sind es keine fünfzehn Minuten, unabhängig vom Verkehr. Er fährt mit dem Fahrrad. Mach das einmal in L. A.! Die Main Street in L. A. war voll von Straßenräubern, Drogenhändlern, Huren und Zuhältern, die das blanke Messer, so Mick, in der Hand hielten. Die Schöneburger Hauptstraße ist von friedlichen arbeitenden Menschen bevölkert, vielen Einwanderern aus der Türkei, aber auch Schwulen, linksradikalen Berufsrevolutionären und Künstlern ohne Werk. Weißes Pulver gibt es auch in Berlin jede Menge, allerdings nicht so sehr Kokain, sondern vor allem Heroin. Davon sieht man aber auf der Straße nicht viel.

Sein Exil in der Hauptstraße hat ihm Kiki gefunden, während er mit seiner Frau und seinem Sohn in der Schweiz Ski fahren war. Der weiße Pulverschnee unter seinen Füßen war eine dringend notwendige Erholung vom weißen Pulver in seiner Nase, das er ständig reflexartig hinaufzog, selbst wenn es gar nicht dawar. Als er nach Berlin kam, war die Wohnung noch nicht fertig hergerichtet, also zog er für zwei Wochen zu Edgar, der ihm Berlin zeigte. Den Expressionismus, den Dadaismus und die RAF findet David interessant, doch nur der Nationalsozialismus fasziniert ihn. Die Bauwerke, die Ordnung, Hitler. Auch in den deutschen elektronischen, Neue-Musik-inspirierten Rockbands, deren Stil ihn beeinflusst, hört er die dunkle technologisierte archaische Kraft der Nazis. Die Deutschen wollen davon freilich nichts wissen. Edgars Eltern wurden von Nazis ermordet. Sie brachten nur Tod und Vernichtung. Auch in England brachte die V2 Zerstörung und Tod. Aber David sieht in der V2 eine Ästhetik, die er in den Flugzeugen der Briten und Amerikaner, die Deutschlands Städte zerstörten, nicht erkennt.

Bevor er zum Landwehrkanal kommt, fällt ihm ein, dass er David ist. Und nicht der dünne weiße Herzog, jene schon dritte oder vierte Bühnenidentität, die er in den weniger als zehn Jahren seiner Karriere angenommen hat. Wenn der dünne weiße Herzog ein Wasser überquert, muss er ein kabbalistisches Symbol malen, um Unheil abzuwenden. Das macht der dünne weiße Herzog normalerweise mit seinem Gehstock, doch als David eine Hand von der Lenkstange nimmt und nach diesem greifen will, bemerkt er, dass er keinen Stock bei sich hat. Er ist dünn, wenn er auch in der Schweiz zugenommen hat. Er ist weiß, wenn auch seine Wangen nach dem Skifahren und jetzt beim Fahrradfahren etwas Farbe angenommen haben. Aber er ist kein Herzog, sondern ein Kerl aus der vorstädtischen südostenglischen Mittelklasse, geadelt höchstens durch seinen Welterfolg als Musiker und Schauspieler. In den paar Wochen Berlin ist er so nüchtern geworden, dass er wieder weiß, wer er ist und wen er spielt. Vielleicht kann er hier er selbst sein. Vielleicht muss er sich hier nicht ständig hinter einer Maske und in einer Verkleidung vor der Welt verstecken. Nach zwei, drei Tagen ungestörten Ein- und Ausgehens in Edgars Haus tauchten auch dort Paparazzi auf, aber es genügte, den Kragen des Wintermantels aufzustellen und die Haube tief ins Gesicht zu ziehen, um unerkannt an ihnen vorbeizukommen, oder damit sie, warum auch immer, so taten, als würden sie ihn nicht erkennen.

Auf der Köthener Brücke überquert er den Landwehrkanal. Das Brückengeländer ist auf der einen Seite mit einem Bären verziert, bestimmt dem Berliner Bären, den die Stadt im Wappen führt und auf den vielleicht der Name Berlin zurückgeht. Aber auf der anderen Straßenseite ist ein Hirsch auf dem Geländer abgebildet, und David weiß nicht, was der Hirsch mit Berlin zu tun hat. Er erinnert sich an die Geschichte vom einäugigen Hirsch, eine Äsop'sche Fabel. Denn er selbst ist zwar nicht einäugig, hat aber zwei verschiedenfarbige Augen. In der Äsop'schen Fabel grast der Hirsch immer am Meeresufer und hat dabei sein sehendes Auge zur Landseite hin gerichtet und sein blindes zur Seeseite hin, denn er erwartet einen Angriff nur vom Land her. Eines Tages fährt aber ein Schiff ans Ufer heran und die Seeleute erlegen den arglosen Hirsch. So, denkt David, geht es einem als Radfahrer im Straßenverkehr auch, man schaut auf die eine Seite, doch die Gefahr kommt von der anderen. Und ist er nicht im Leben auch so ein einäugiger Hirsch?

Ein paar Stunden lang nehmen sie auf. David hat die Musik fertig, die Texte schreibt er zwischendurch, während Brian an der Akustik tüftelt oder Carlos und die anderen ihre Parts einspielen. Früher, bevor er berühmt wurde, hat er lange an den Texten seiner Lieder gefeilt, hat wortreich Stimmungen erzeugt, Personen geschaffen, Geschichten erzählt. Jetzt deutet er nur mehr mit wenigen Worten an und überlässt alles Weitere der Phantasie des Zuhörers. Eine Geschichte, oft eine Liebesgeschichte, kann man in den Texten immer noch finden. Er will weiterhin seine Autobiographie schreiben und auch Drehbücher, denn er hält sich für einen Schriftsteller. Einige Nummern auf der neuen Platte werden aber instrumental sein.

Sie kommen auf ein nach deutschen Begriffen spätes Mittagessen in eine Kneipe um die Ecke. Die meisten Gäste, Angestellte und Arbeiter in der Mittagspause, gehen gerade. David genießt die Normalität, die Anonymität. In Amerika hat Tony, sein alter Manager, auf Luxus bestanden. Jedes gemeinsame Essen war so angelegt, dass es Aufsehen erregen musste, und dann wurde aller erdenklicher Aufwand betrieben, um die Journalisten und die Fans draußen zu halten. Es gab nur die feinsten Delikatessen, doch David bevorzugte Koks. Hier isst er zwar bei weitem nicht herzhaft, aber doch annähernd normal. Drogen nimmt er nur abends. Oft geht er aber auch mit Kiki ins Kino und nachher auf ein kleines Abendessen. Dann spazieren sie nach Hause und sie liest ihm Nietzsche vor.

Heute Abend wird das aber anders sein, denn seine Frau hat sich angesagt. Mit ihr kann er nicht über Nietzsche und Buddha, Crowley und Hitler reden. Konzerttourneen und Plattenverkaufszahlen, Fernsehtermine und Immobilienpreise interessieren sie mehr. Aber David hat sich schon einmal, von seinem alten Manager, seine Karriere aus der Hand nehmen lassen und viel Geld verloren. Diesen Fehler will er nicht ein zweites Mal mit seiner Frau begehen. In der Schweiz beim Skifahren haben sie sich gut vertragen, und vielleicht gefällt ihr ja das Berlin, das er ihr zeigen will.

Die Deutschen sind oft überrascht, wenn sie hören, dass er verheiratet ist. Sie haben eine romantische Vorstellung von künstlerischer Radikalität, die sich mit der Ehe nicht vereinbaren lässt. In England und in Amerika hat ihn nie jemand darauf angesprochen, dass er verheiratet ist. Shelley und Byron waren irgendwie gegen Monogamie, aber letztlich lebten sie das durch und durch konventionelle Sexualleben eines verheirateten Mannes, der es sich erlauben kann, viele Affären zu haben. Die freie Liebe der Hippies war ja nur eine Verklärung der ganz normalen Phase intensiver Promiskuität kurz vor der Ehe gewesen. Das machten die Leute auf dem Land traditionell so, in England wie in Deutschland wie in Amerika. Sogar die Amish kannten das Rumspringa. Aber die Deutschen glaubten, aus der Ausnahme das Prinzip, aus dem Sonntag die Arbeitswoche machen zu müssen. Eigentümlich radikal waren sie manchmal, die Deutschen. Wie Teenager. Und wankelmütig. Vor ein paar Jahrzehnten folgten sie dem Führer und machten halb Europa nieder, heute waren sie Demokraten und Pazifisten. Dass England eine Königin hatte, wollten sie auch nicht gern akzeptieren. Sie meinten, eine Monarchie sei das Gegenteil einer Demokratie. Wo der Engländer doch wusste, dass das Gegenteil einer Monarchie die Republik war, durch blutige Revolutionen herbeiguillotiniertes Franzosenzeug. Und dass England unter seinen Königen doch die Demokratie erfunden hatte.

Im Straßenverkehr bemerkt er eine fanatische Einhaltung der Regeln, die sich von der angelsächsischen Lockerheit abhebt. Immerhin kann man in Berlin so halbwegs gut und sicher Fahrrad fahren wie in den Wohngegenden südlich von London in seiner Kindheit. Sein Fahrrad stellt er vor dem Haus ab. Das Schloss lässt sich mit einer dreistelligen Zahlenkombination öffnen. Ein Dieb hätte keine Mühe zu erkennen, dass es auf 666 eingestellt ist, denn auf jeder der drei Scheiben ist die Sechs abgenützt. Kiki musste lange suchen, bis sie ein Schloss fand, das Davids zahlenmystischen Anforderungen entsprach.

Kiki hat ihm Joints gedreht, aber er kommt nicht recht runter. Also trinkt er Bier und schnupft alle zwanzig Minuten eine kleine Straße Koks. Iggy und Kiki und all die anderen sind nicht da, denn heute kommt seine Frau, sollte eigentlich schon dasein. Wahrscheinlich hat ihr Flugzeug Verspätung. Kraftwerk tönt durch die Wohnung. So ähnlich sollen einige seiner neuen Lieder auch klingen, nur beweglicher, wacher, froher. Er schreitet durch die sieben Zimmer und versucht, ein unikursales Hexagramm zu beschreiben. Alle dreiundzwanzig Schritte bleibt er stehen und macht den Hitlergruß. Ihn beschleicht der Verdacht, dass er wahnsinnig ist. Aber es ist nicht sein persönlicher Wahnsinn, sondern der erbliche seiner Familie, in der es immer wieder Fälle von Schizophrenie gibt. Und solange er den Wahnsinn seines Wahnsinns erkennt, fühlt er sich einigermaßen sicher. Seine Frau geht davon aus, dass er sie sofort nimmt. Oder, wie sie auf Englisch sagen würde, Liebe zu ihr machen. Auch über diesen Ausdruck haben seine deutschen Freunde sich lustig gemacht. Ob denn Sex so viel mit Liebe zu tun habe? Man könne jemanden ficken, aber Liebe machen sei spießiger als spießig. David ist Schauspieler genug, um ein wenig Liebe und Begehren auszustrahlen. Dass seine Frau blond ist – eine sächsische Blondine, wie der Engländer sagt –, ist hilfreich. David mag am liebsten schwarze Frauen und Blondinen. In L. A. war er überrascht, dass es so viele schwarze Frauen gab, in Berlin wundert er sich, dass es so gut wie gar keine gibt. Er ist aber allen dazwischenliegenden auch nicht ganz abgeneigt und verschmäht keineswegs Männer. Mit den kurzen Locken, zu denen sie ihr glattes Haar neuerdings zurechtmacht, sieht seine Frau recht burschikos aus und ähnlich androgyn wie der dünne weiße Herzog.

David legt seine Frau auf den Schreibtisch und dringt in sie ein. Aber sie reißt sich los und springt auf. Was er da für eine scheiß Musik laufen habe? Dazu könne sie nicht Liebe machen.

Im Nebenzimmer hebt sie eine der hüllenlosen Schallplatten vom Boden auf, nimmt Kraftwerk vom Plattenteller und legt eine neue Platte auf. Es ist das eponymische erste Album der Doors. Iggy hat die Platte mitgebracht. Der steht auf die Doors, hat am Anfang seiner Karriere seinen Namensvetter — denn bürgerlich heißt Iggy James — Jim imitiert und seine Bühnenpersönlichkeit ihm nachempfunden.

Break On Through ist eine gute Musik zum Liebemachen; nein, eigentlich zum Ficken. Aber irgendetwas in David wehrt sich gegen die unvermittelte Energie des Liedes, gegen die zu schrille Orgel mit den falschen Tönen, gegen den stilistischen Eklektizismus. Kubins Roman mit den Illustrationen, *Die andere Seite,* kennt David. Der ist ihm näher als die Doors. Vielleicht ist es wie Kultur und Zivilisation. Auch davon hat er die Deutschen reden gehört oder hat Kiki ihm etwas vorgelesen, vielleicht Spengler. Die Doors sind Kultur, er ist Zivilisation. Er durchschaut, wie alles Manieren und Konvention ist, die Doors sind in einen Geist versunken, den sie nicht hinterfragen. Jetzt ist schon *Soul Kitchen,* das ist weniger kultisch, das spielt in der Zivilisation. Fickt er oder macht er Liebe? Seine Frau macht jedenfalls Geräusche und bewegt sich auf eine Art, die beides vermuten lässt. Morrison singt von Minaretten. Vielleicht sind die Doors einfach ein anderer Kult, eine andere Religion als die seine, also eine falsche. Drei Katholiken und ein Jude, die Doors. Und David ein Protestant, David Anglikaner. Zu stampfend der Rhythmus von *Soul Kitchen,* ficken so die Katholiken und die Juden? In der Pause zwischen *Soul Kitchen* und *The Crystal Ship* beschreibt er mit seinem Schwanz in seiner Frau ein unikursales Hexagramm. Sie zittert und atmet stampfend wie *Soul Kitchen*. Ist das ein Orgasmus? Ohnehin bietet sich ein Stellungswechsel an, denn *The Crystal Ship* ist langsamer und getragener. David fickt seine Frau langsam und getragen und kommt in ihr, ehe *The Crystal Ship* zu Ende ist.

Von postkoitaler Mattheit ist bei beiden keine Spur, dafür haben sie zu viel Pulver geschnupft. Aber David beschleicht eine Nachdenklichkeit, während seine Frau nervös im Nebenzimmer zu *Twentieth Century Fox* herumtrippelt. Nichtssagendes kleines Liedchen, *Twentieth Century Fox*. Ob es seine Frau an ihre unerfüllten Hollywoodträume erinnert? Ruinierte Jahre? Seine Frau hatte keine ruinierten Jahre. Aber waren seine Jahre ruiniert? Durch die Drogen, das vom Manager gestohlene Geld, den Wahnsinn? Nein, denn er machte ja seine Musik. Die blieb. Morrison konnte nicht singen. Hatte keine schlechte Stimme, konnte aber nicht singen. Sang unfrisiert, unzivilisiert. Über irgendetwas mokiert sich seine Frau im übernächsten Zimmer. Die Welt in einer Plastikschachtel will die nicht. Höchstens in einer goldenen.

In der Pause zwischen *The Crystal Ship* und *Alabama Song* stürmt seine Frau ins Zimmer. Sie hat sich etwas angezogen, und in den Händen hält sie weitere Kleider. Der nackte David wickelt sich in eine Decke und versinkt im Sofa. Die Kleider in den Händen seiner Frau sind nicht die Kleider seiner Frau.

— Wohnt diese Fotze jetzt schon bei dir? kreischt sie.

Es sind Kikis Kleider.

— Lässt du dich von der hässlichen Vogelscheuche einfangen? Fickst du die Sau?

— Es geht im Leben nicht nur um Sex. Und nein, Kiki und ich machen keine Liebe.

— Die ganze Wohnung ist voll von ihr.

— Sie ist meine persönliche Assistentin.

— Ich weiß schon, welche Dienste du dir von einer persönlichen Assistentin erwartest. Du Egoist! Du Arschloch!

Seine Frau öffnet das Fenster und schmeißt Kikis Kleider hinaus. Sie lacht befreit auf, läuft aus dem Zimmer, schimpft auf ihn ein, holt weitere Sachen, die sie Kiki zurechnet, und wirft sie aus dem Fenster.

— Du vergisst, dass ich schwul bin, ruft er ihr zu.

Irgendetwas stimmte nicht. Normalerweise stritt man doch zuerst und hatte dann Sex. Er musste sie schlechter gefickt haben, als ihm vorkam. Es war wohl doch kein Orgasmus. Der *Alabama Song* quält ihn, obwohl er Brecht mag. Mechanisch klingen die Doors, wie die nostalgische Imitation einer Drehorgel. Und Morrison singt, wie kein Schauspieler je singen sollte. Singt irgendwie echt, aber schlecht echt. Wo doch das Echte in der Kunst immer artifiziell ist und das echte Echte bloß naiv. Seine Frau läuft weiterhin zum Fenster und wirft Kikis Sachen hinaus. Vielleicht sollte er selbst den *Alabama Song* singen, denn das Material war ja großartig. In der Pause vor *Light My Fire* hört er, wie Kikis Sachen vor dem Haus landen. Klingt nach einem Auto.

Light My Fire traf natürlich den Geschmack des Publikums. Eingängiges Liebeslied mit einem Hauch von mystischem, dunklem Exzess. Man musste den Leuten geben, was sie wollten, wenn man Erfolg haben wollte. Und zugleich musste man es verklären. *Light My Fire* war schon bloß dadurch revolutionär, dass es ein paar Minuten länger war als gängige Rocklieder, wenn auch nur auf der LP und nicht auf der Single-Auskoppelung, die von den großen Mittelwelleradiostationen gespielt wurde. Seine Frau steht jetzt schreiend und weinend vor ihm, über ihm, anscheinend sind ihr Kikis Sachen ausgegangen.

Wo sind seine Zigaretten? Er weiß es nie. Kiki weiß es immer. Kiki weckt ihn morgens auf und zündet ihm eine Zigarette an. Er geht durch die sieben Zimmer seiner Wohnung und hält nach Zigaretten Ausschau. Dabei singt er über *Light My Fire* hinweg den *Alabama Song*. Als die A-Seite von *The Doors* zu Ende ist, schreit seine Frau in die Stille:

— Sie oder ich! Du schmeißt diese Hure hinaus oder ich gehe!

B

VOR EINEM Jahr war Jim schon einmal im Paris, da hat er auch im George V gewohnt. Alle wohnen hier, die Stones, Velvet Underground, Bowie und wie sie sonst noch heißen. Jim fragt sich, ob die Avenue George V nach dem Hotel heißt oder das Hotel nach der Avenue. Es ärgert ihn, dass Straße und Hotel nach einem König benannt sind, Georg dem Fünften von England. Oder gab es in Frankreich Könige, die Georges hießen? Bei seinem letzten Besuch gefiel es Jim, dass auf den öffentlichen Gebäuden *Freiheit, Gleichheit, Brüderlichkeit* stand, *Liberté · Egalité · Fraternité,* mit diesem klassischen, in die Zeilenmitte gestellten Punkt dazwischen. In anderen europäischen Ländern hatten die Doors christliche Kreuze an staatlichen Einrichtungen gesehen, was vor allem Ray missfiel, der den Judäo-Christiano-Islamismus vehement ablehnt. Jim hat sich selbst zum Eidechsenkönig erkoren, aber ein Hotel und eine Straße, die nach einem König benannt sind in der Stadt der republikanischen Revolution, missfallen ihm. Eidechsenpräsident, Eidechsenpremierminister, Eidechsenkanzler, das ginge freilich nicht. Deshalb verlässt er sich ja in seinen Texten immer auf Archetypen. Ray ist Jungianer und lehnt Freud ab, doch Jim ist, was Jung und Freud betrifft, eigentlich ebenso tolerant wie gegen die monotheistischen Religionen.

Muss er die Archetypen überwinden, wenn er ein echter Dichter werden will? Kann er als Liedschreiber und Rockstar ein König sein und muss als Poet zum Präsidenten werden? Jedenfalls will er von Königen und vom Adel nichts wissen. Wozu hängte das Volk das Gesindel einst an seinen Taschentüchern auf?

Jim ist nicht im Hotel, denn Pam ist nicht da. In L. A. ging alles gut, er reiste ungehindert aus den USA aus. Wahrscheinlich wusste die Grenzbehörde in Kalifornien nichts über Verurteilungen in Florida. Aber als er im George V ankam, war Pam nicht da. Also sitzt Jim in der Bar Alexandre in der Avenue George V und trinkt weißen Bordeaux. In seiner Jackentasche hat er ein Buch, *Satori in Paris* von Jack Kerouac. Französisch war Kerouacs Muttersprache, wenn auch ein nordamerikanisches Französisch, das die Pariser oft nicht besser verstanden als Jims Englisch. Kerouac suchte in Frankreich seinen Namen, seine Identität und fand, so schreibt er, Erleuchtung. Jim flieht vor etwas, aber was sucht er? Etwas Neues? Sich selbst? *On the Road* war vielleicht das wichtigste Buch, das er gelesen hat, er lebte selbst unterwegs wie die Helden in Kerouacs Buch. In *Satori* ist Kerouac doppelt so alt wie sein Alter ego in *On the Road* und Alkoholiker. Jim ist noch jung, nicht viel älter als die Leute in *On the Road*, aber schon jetzt ist er Alkoholiker und in Paris. Kerouac ist freilich schon tot, wenn auch noch nicht lang.

Noch weniger lang ist Janis tot. Kerouac hat Jim nie persönlich kennengelernt, aber Janis hat er in L. A. ein paar Mal getroffen. Beim ersten Mal hat er ihr Champagner in den Ausschnitt geleert, aber wenn sie nüchtern waren, verstanden sie sich gut. Angeblich wurde der Wagen des Grafen vor dem Landmark Hotel gesehen, kurz bevor Janis an ihrer Überdosis starb. Jim war Janis' Lieblingssänger. War Janis Jims Lieblingssängerin? Er hat keine. Aber Janis war eine weiße Bluessängerin aus dem Süden, so wie er ein weißer Bluessänger aus dem Süden ist. Sein *Summertime* war eine Antwort auf ihres. Sie hatten ja auch zum Teil dieselben Produzenten und Manager. Janis war auf ihrer Europatournee in denselben Städten wie die Doors, nur ein Jahr später. London, Amsterdam, Kopenhagen, Stockholm, Paris. Spielte sie auch in Frankfurt? Janis sagte immer, das europäische Publikum sei ihr zu zerebral gewesen, zu kopflastig. Die Doors haben Amsterdam geliebt, aber da spielten sie ohne Jim, der am Zoll eine Kugel Haschisch verschluckt hatte. Und Janis hatte denselben Heroindealer wie Pam. Alle haben diesen Grafen, Jean. Janis, Pam, Marianne. Keith auch, alle. Jean, hieß so nicht ein Butler in Frankreich? Er ist noch ein paar Jahre jünger als Jim, aber groß im Geschäft. Nicht nur adelig, sondern auch Diplomat. Wahrscheinlich nicht er selbst, sondern seine Familie. Angeblich schickt er den Stoff mit dem Diplomatengepäck. Und er hat das beste, stärkste Heroin. Im George V geht er aus und ein. Anscheinend wohnt Pam auch deshalb im George V, weil hier der Graf mit dem Stoff ist. Vielleicht wollte sie überhaupt nur wegen des Grafen und seines Heroins nach Frankreich. Und dann wäre Jim eigentlich nur wegen des Grafen hier.

Aber wo ist Pam? Jim bestellt noch eine Flasche Wein. Als der Wein kommt, kommen auch Pam und Agnès. Der Kellner will zwei weitere Gläser bringen, doch Agnès verabschiedet sich gleich. Sie will die beiden Liebenden, die einander fast zwei Monate nicht gesehen haben, nicht stören.

Jim bemüht sich, Pam zu begrüßen wie ein Liebender, der seine Geliebte zwei Monate nicht gesehen hat. Pam gelingt das mühelos. Es stellt sich heraus, dass der Graf gar nicht in Paris weilt und dass Pam nur deshalb nicht im Hotel war, weil Jim ihr den Tag seiner Ankunft falsch angegeben hatte.

Pam muss beschäftigt gewesen sein, denn Wohnung hat sie noch keine gefunden. Sie ist drei Jahre jünger als Jim, doch Jim wirkt zehn Jahre älter als sie. Das Heroin setzt ihr weniger zu als ihm der Alkohol. Solange man es nicht überdosiert, sagt Pam, ist es sogar gut für den Körper. Jim will sich aber nichts spritzen, er ist da etwas zimperlich. Pam schießt gern, mit der Nadel und mit Pistolen. Ins George V ist sie mit sechsundzwanzig Gepäckstücken eingezogen, aber ihre Luger-Sammlung hat sie in Kalifornien gelassen. Es ist auch kein Geschirr da, das sie nach Jim schmeißen könnte, wie sie es in L. A. oft tat. Immerhin hat sie eine Filmkamera, mit der sie, wenn sie Jim einmal auf seinen Spaziergängen begleitet, Filme schießt.

Die beiden leben wie Touristen und genießen es. Jim spaziert jeden Tag zur Place des États-Unis, wo er kurz vor dem La-Fayette-und-Washington-Denkmal und vor dem Monument zu Ehren der amerikanischen Freiwilligen innehält, dann meistens weiter zur Seine, ein Stück den Fluss entlang und hinüber ans linke Ufer, nach Saint-Germain, wo in den diversen Cafés Touristen wie er sitzen und der Intellektuellen der Vergangenheit gedenken, über die Seine-Inseln bis ins Marais und über die Rue de Rivoli bis zum Louvre und durch die Gartenanlagen zu den Champs-Élysées und wieder ins George V, wo er Pam trifft und mit ihr essen geht. Auf eine Postkarte, die er Frank und Kathy schickt, schreibt er, *Die Frauen sind großartig und das Essen ist umwerfend.* Kurz beschleicht ihn das Gefühl, er hätte schreiben müssen, *Das Essen ist großartig und die Frauen sind umwerfend,* aber er hat eben die meiste Zeit Hunger. Er hat schon an die fünf Pfund abgenommen durch sein Regime der langen Spaziergänge, kleinen Mahlzeiten und vor allem des reduzierten Alkoholkonsums.

Durch Agnès und Alain haben sie Anschluss an Pariser Film- und Kunstkreise. Jim führt ein literarisches Tagebuch, aus dem sein nächster Gedichtband, ein paar Lieder, der eine oder andere Film, und wer weiß, vielleicht zumindest ein paar Erzählungen oder sogar ein Roman hervorgehen sollen. Er gesteht sich aber ein, dass es einstweilen nur verstreute Bemerkungen sind und dass er oft sehr lang auf das weiße Papier starrt, bis er sich schließlich einen weißen Bordeaux aufmacht und die Literatur Literatur sein lässt. Die Eindrücke in Paris sind wohl auch zu frisch und zu vielfältig und zu stark, als dass sie sich sofort als fruchtbar erweisen könnten.

Bald hat Jim alles gesehen, was ihn als Tourist interessiert. Jetzt müsste er richtig hier zu leben beginnen. Wohnung haben Pam und er noch keine gefunden, aber ausgerechnet über den Grafen haben sie Aussicht auf eine. Ein Mannequin oder eine angehende Schauspielerin, die mit dem Grafen befreundet ist, zieht für die Sommermonate nach Saint-Tropez und würde ihre schöne große Wohnung in der Rue Beautreillis im Marais günstig an Jim und Pam vermieten. *Marais* ist das französische Wort für Sumpf, so wie *ciénega* das spanische Wort für Sumpf ist. Von La Cienega in L. A. in den Marais von Paris zu übersiedeln, diese Idee gefällt Jim. Pam gefällt auch die Wohnung, also werden sie in drei Wochen dort einziehen.

In der Zwischenzeit wollen sie nach Spanien fahren. In Kalifornien war südlich der Grenze eine ganz andere Zivilisation, Mexiko, und hier genauso, Spanien. In *Spanish Caravan* hat Jim von einer Sehnsucht nach Spanien gesungen, die ihn nie erfüllt hat. Der Text war von Robby. Nach Mexiko, wo ein paar korrupte Reiche, die nie etwas Interessantes taten oder gar etwas Nützliches erfanden, das Land in Schmutz und Armut hielten, konnte man sich nicht so sehnen wie nach Spanien. Immerhin ist Spanien aber eine faschistische Diktatur, klerikalfaschistisch sagen ihm die Franzosen. Es wundert Jim, dass man in so ein Land einfach einreisen kann. Weg von Paris zu fahren, ist Jim auch deshalb jedenfalls angenehm, weil sich für Pam hier alles um das Heroin dreht, das sie vom Grafen bekommt.

In *Spanish Caravan* sang Jim von einer Karawane, die ihn nach Spanien bringen sollte, vermutlich als Araber aus Nordafrika ins maurische Andalusien. Pam und er mieten sich einen Peugeot. Auf dem Weg nach Lyon erzählt Jim Pam von der Fahrt, die Hemingway und Fitzgerald in umgekehrter Richtung, von Lyon nach Paris, unternahmen. Die Schilderung dieser Fahrt in *A Moveable Feast* hat Jim beeindruckt, aber er weiß nicht mehr, warum. Der Held Hemingway rettet den eingebildeten Kranken Fitzgerald, sie fahren in einem kaputten Cabrio, dessen Dach sich nicht verschließen lässt, durch kulturvolle Landschaften und trinken dabei viele Flaschen Champagner. Wahrscheinlich waren Hemingway und Fitzgerald auf kleinen Landstraßen unterwegs, denn auf Jim übt die Gegend keinen Zauber aus. Er trinkt Bier und sie rauchen Joints. Jim sagt Pam, dass er froh ist, mit ihr unterwegs zu sein und nicht mit Scott Fitzgerald, und von Paris Richtung Süden und nicht umgekehrt.

Wenn man von den USA über die Grenze nach Mexiko fuhr, war man plötzlich in einer anderen Welt, in der alles ärmer, schiefer, kaputter war. Den Übergang von Frankreich nach Spanien empfindet Jim als langsamer und gradueller. In Südfrankreich sprachen die Leute Okzitanisch und Katalanisch, gebärdeten sich mediterran, waren dunkler als in Paris, und jenseits der Grenze war es genauso. Die Costa Brava ist der landschaftlich schönste Teil der Fahrt, auch wenn Jim und Pam aus Kalifornien Größeres, Stärkeres gewohnt sind. Die Strände weiter im Süden, wo das richtige, eigentliche Spanien mit seinen ganz anderen Rhythmen und ganz anderen Gesten und Sitten und Normen beginnt, gefallen ihm gut, aber mit den weißen Sandstränden am Golf von Mexiko können sie nicht mithalten.

Abends in den Bars, wo ernste Deutsche mit langen hellen Haaren und langen hellen Bärten sich mit nonchalanten Briten und lässigen Amerikanern mischen und wo Pam ihre Heroinkontakte aufsucht, bestellt Jim Whiskey, den es oft nicht gibt. Wenn die Barleute ihn erkennen, was sie meistens tun, laufen sie schnell aus dem Lokal und besorgen ihm welchen.

Am besten gefällt ihm Granada, wo sie über irgendwelche Bekannte von Pam Anschluss an Einheimische haben. Jim geht jeden Tag in die Alhambra. Wenn ihn etwas fasziniert, stört ihn die Repetition nicht, sondern er sucht sie. Sie fahren weiter nach Marokko. Hier ist der Graf zuhause, oder jedenfalls seine Familie, die aus der Kolonialzeit ein Vermögen und ein Zeitungsimperium herübergerettet hat. Mit irgendwem trifft sich Pam in Tanger, während Jim durch die Stadt spaziert. Es geht natürlich um Heroin und natürlich steckt der Graf dahinter. Jim muss es geschehen lassen, er sieht sich das Hotel an, in dem William S. Burroughs wohnte, und das Hotel, in dem Jack Kerouac wohnte. Er vernimmt den Ruf des Muezzin, doch als er in eine Moschee gehen will, verwehrt man ihm freundlich, aber bestimmt, den Eintritt, da er ein Christ sei. Er versucht zu erklären, dass er keineswegs die christliche Religion den anderen vorziehe, doch man sagt ihm, schon etwas weniger freundlich, dass Ungläubige nicht eingelassen werden dürften.

Mit Pam streitet er kaum, denn sie haben jeden Tag den ganzen Tag Touristisches und Rauschhaftes zu tun und sind aufeinander angewiesen. Sie fahren wieder nach

Spanien, geben den Peugeot zurück und fliegen nach Korsika. Jim ist wieder von der Landschaft und der Alltagskultur begeistert. Er atmet freier und hustet weniger, er hinkt kaum noch. Nach ein paar Tagen kommt ihm aber seine Jacke abhanden, entweder hat er sie verloren oder man hat sie ihm gestohlen. In der Jacke waren auch seine Papiere und sein Geld. Sie lassen sich Geld schicken und fliegen frühzeitig nach Paris zurück. Beide sehen sie sehr entspannt aus, Pam hat einen Sonnenbrand und Jim hat wieder zwei, drei Pfund abgenommen.

Für eine knappe Woche ziehen Jim und Pam ins Hotel, aber nicht ins George V, sondern in ein preisgünstigeres, anonymeres. Dann fährt das Mannequin nach Saint-Tropez, und Jim und Pam beziehen die Wohnung in der Rue Beautreillis. Die Hotelrechnungen haben sich summiert, Jim schreibt einen Brief an seinen Finanzmann in L. A. und fordert dreitausend Dollar an. Damit hofft er bis September durchzukommen. Er spaziert wieder viel durch Paris, trinkt viel, aber bei weitem nicht so exzessiv wie in L. A., und schreibt hin und wieder ein paar Zeilen in sein Notizbuch. Aus solchen verstreuten Einträgen sind die meisten seiner Liedtexte entstanden, aber jetzt zweifelt er an der Qualität seiner Worte. Von seinem Prozess in Amerika hört er nichts, und da er vorhat, den Sommer über in Paris oder jedenfalls in Europa zu bleiben, denkt er auch nicht viel daran. Er genießt die Atempause.

Durch Pam kommt er auch viel unter Leute, besucht Filmdrehs und Musikveranstaltungen. Fast jeden Tag gehen sie ins Kino. Die Abende in den Clubs, wo es die

Drogen gibt, erträgt Jim nur im alkoholisierten Zustand.

Einmal kommt Pam mit einem Stoß Bowie-Platten in die Rue Beautreillis. Sie legt Bowies eponymisches erstes Album auf und initiiert einen Sexualakt. Bowies eponymisches erstes Album erschien 1967, genau wie das eponymische erste Album der Doors.

— Woher hast du diese Schallplatte? fragt Jim, während er aus seiner Lederhose steigt.

— Von Bowies persönlicher Assistentin, Kiki, sagt Pam und prüft mit einem raschen Blick Jims beträchtlichen Bauchumfang und fehlende Erektion.

— Okay.

— Bowie nimmt in einem Schloss in der Nähe von Paris auf. Kiki hat uns eingeladen, einmal dort vorbeizuschauen.

— Okay.

Das erste Lied der Platte, *Uncle Arthur*, ist ganz nett. Es erinnert Jim an die Kinks, ein nostalgisches Heimatlied der englischen unteren Mittelklasse. Welche Sexsymbole wohl zu einer solchen Musik Sex haben können, fragt sich Jim. Das nächste Lied, *Sell Me a Coat*, ist noch schlimmer, hat etwas Kindliches, Kindisches. Die Nostalgie betrifft nicht nur die guten alten Zeiten Englands, sondern auch die verklärte eigene Kindheit.

Jim nimmt Bowies eponymisches erstes Album vom Plattenteller. Er schaut sich kurz die Titel auf der Rückseite der Hüllen der anderen Bowie-Platten an, doch er will kein Risiko eingehen. Bowie, denkt Jim, ist schon klug und stark, aber halt schwul. Also legt er das eponymische erste Album der Doors auf und dringt zu *Break On Through* in Pam ein.

III

A

DANN ist David wieder der dünne weiße Herzog. In Nordamerika spielt er innerhalb von acht Wochen fünfundvierzig Konzerte, nie vor weniger als zehntausend Leuten. Er liebt sein Publikum, auch und gerade in Orten wie Milwaukee und Kalamazoo und Evansville und Cincinnati, wo sein Auftritt ein noch größeres Ereignis ist als in Chicago oder New York. Er gibt sich dem Publikum hin, ohne sich aufzugeben. Und er nimmt aus der Anbetung, die ihm widerfährt, die Energie und die Inspiration auf, die er braucht, um neue Lieder zu schreiben. Nach zehn Tagen Pause, in denen er nur Medientermine absolviert, spielt er in Europa innerhalb von fünf Wochen fünfundzwanzig Konzerte.

Sein Drogenkonsum ist die ganze Zeit über sehr hoch, doch die räumliche Trennung von seiner Frau hat ihm gut getan. Er verbringt zwei schöne Frühlingswochen mit seinem Sohn in der Schweiz, dann fährt er nach Berlin und wenige Tage später ins Château d'Hérouville, wo er seine neue Platte aufnehmen will.

Das Schloss, in der Nähe von Paris befindlich und in den 1740er Jahren erbaut, hat dreißig Zimmer und ein topmodernes Aufnahmestudio mit perfekter Akustik. Brian, Iggy, Tony, Carlos und all die anderen Musiker und Manager und Frauen und Techniker besiedeln die alten

Gemäuer, und David zieht ins Herrschaftszimmer. Doch er spürt sofort, dass es dort spukt. In einer Ecke neben dem Fenster ist es ganz dunkel, unnatürlich dunkel und zugleich viel wärmer als überall sonst im Zimmer. David malt mit dem Stock des dünnen weißen Herzogs die zehn Sephirot, durchmisst mit dreiundzwanzig Schritten den Raum, macht den Hitlergruß, malt wieder die zehn Sephirot, macht wieder dreiundzwanzig Schritte und den Hitlergruß, aber noch immer spukt es und ist es unnatürlich, übernatürlich dunkel und heiß in der Ecke. Er holt ein paar Leute aus seiner Entourage. Alle bestätigen das Offenkundige: es ist dunkel und heiß in der Ecke, es spukt. David wird nicht im Herrschaftszimmer schlafen, zumal er ohnehin kaum schläft.

Das Album besteht hauptsächlich aus Liedern, die er ursprünglich für den Film geschrieben hat, in dem er die Hauptrolle spielte. Die Filmmusik ist nie fertig geworden, und was fertig wurde, gefiel dem Regisseur nicht. Also macht David eine Platte daraus. Eine Nummer hat er eben erst in Berlin geschrieben, nachdem er mit siebzig, achtzig und mehr Sachen (natürlich Meilen, David und der dünne weiße Herzog würden nie in metrischen Maßen denken) durch ein Parkhaus gekurvt war. Er baute, ein wenig gegen die Wahrscheinlichkeit, keinen Unfall, aber die Nummer handelt davon, wie er immer wieder im selben Auto verunglückt, was freilich nur im Traum möglich ist, da das Auto in der Wirklichkeit ja kaputt sein müsste. Ganz wohl war ihm als Liedtexter zuerst nicht bei dieser Art von poetischem Widerspruch, aber er reparierte den kleinen Makel, indem er ein Liebesthema einflocht oder wenigstens andeutete. Liebe funktionierte immer.

Freilich nur in seinen Liedern. In seinem Leben entscheiden die Anwälte über die Liebe. Oder wenigstens über seinen Beziehungsstatus. Alle Anwälte, die er konsultiert hat, sagen, dass er einen Sorgerechtsstreit mit seiner Frau so gut wie sicher verlieren würde. Obwohl die sehr teuren Anwälte mit so einem Prozess sehr viel Geld verdienen könnten, raten sie ihm davon ab. Ganz egal, ob der Rechtsstreit in der Schweiz oder in England geführt würde, das Sorgerecht für seinen Sohn würde die Mutter bekommen. Seinen Sohn liebt David. Also wird er sich mit der Mutter seines Sohnes arrangieren müssen. Also wird er Kiki feuern müssen.

Das weiß aber außer ihm noch niemand. Und so kommt es, dass Brian gemeinsam mit seinem Management eine Überraschung speziell für Iggy ausgeheckt hat, ohne David um seine Erlaubnis oder auch nur seine Meinung zu fragen und ohne ihn einzuweihen. Kiki ist nach Paris gekommen, und heute, an Davids zweitem Nachmittag im Schloss, wird sie zwei spezielle Gäste aus Paris mitbringen, Morrison und seine Freundin Pam.

Morrison hustet und hinkt. Sein aufgeschwemmtes Gesicht ist seltsam starr. In seinem übergewichtigen Körper hätten zwei dünne weiße Herzoge Platz. Beide sind ungefähr gleich alt, aber man könnte Morrison für doppelt so alt halten wie David. Sofort, ganz von selbst, dreht sich alles um David und Morrison, wie es sich vor Morrisons Ankunft um David allein gedreht hat. Iggy, der selbst ein mittlerer Rockstar ist, nimmt Morrison gegenüber unwillkürlich die Rolle des Fans ein. Brian und Tony und Carlos, alle auf ihre je eigene Art Alphamännchen, anerkennen durch ihr Verhalten, ohne dass sie es wollten oder wüssten, Morrisons höheren Status, Morrisons Genialität. Beide könnte man für den Schlossherrn halten, den geschniegelten, penibel gekleideten David, dessen Seele eine Bügelfalte hat, und den lässigen, nonchalanten Morrison, dessen langes Haar so frei ist wie der Kopf unter ihm. Man würde vielleicht meinen, David habe das Schloss in zweiter Generation, als Sohn eines exzentrischen Engländers, der in den Kolonien reich geworden ist. Morrison sieht ein wenig aus wie ein amerikanischer Tourist, er könnte ein Millionärssohn sein, der das Schloss eben gekauft hat.

Morrison ist ganz ruhig und unprätentiös und freundlich, der perfekte höfliche Gast. Er sitzt bei den Aufnahmen still im Studio und hört aufmerksam zu. Pam sitzt neben ihm und lächelt. David fällt auf, dass Pam besser zum dünnen weißen Herzog passen würde als zu Morrison. Sie ist ganz schlank, eigentlich sehr dünn, hat dabei aber einen guten Busen. Ganz blass ist sie unter und neben ihrem Sonnenbrand, mit einigen Sommersprossen. Oranges Haar hat sie, ganz sicher von Natur aus oranges Haar. Während Morrison offenbar hauptsächlich trinkt und höchstens nebenbei Heroin nimmt, trinkt Pam höchstens nebenbei und nimmt hauptsächlich Heroin.

— Na, was sagst du zum Eidechsenkönig? fragt David.

— Er hat sich in eine fette bärtige Kröte verwandelt, sagt Iggy. Irgendjemand muss ihn küssen, damit er wieder eine Eidechse wird.

— Du?

— Nein, er ist ganz hetero. Richtig alte-Schule unschwul.

— Meine Frau?

— Ha, du willst wohl zwei unliebsame Leute auf einmal loswerden!

— Nein, nein, ich habe nichts gegen Morrison. Ich verstehe, dass du auf ihn stehst. Ich habe ja auch gegen meine Frau nicht wirklich was.

— Vielleicht können wir ihn ja mit Kiki verkuppeln. Aber was machen wir dann mit Pam?

Darauf gibt David keine Antwort. Er lässt Iggy und Morrison gemeinsam im Studio einige Hintergrundgesänge aufnehmen. Das ist Morrison gegenüber höflich, und Iggy bereitet er ein großes Erlebnis damit. Aber noch ehe David die Aufnahmen hört, sagt ihm ein Gefühl, dass er sie nicht verwenden wird. Er hat nichts gegen Morrison, aber seine Präsenz auf der Platte wäre zu stark, irgendwie wohl auch fremd. Und Morrison wäre wohl nicht einmal brüskiert, wenn er die Aufnahmen tatsächlich nicht verwendet. Dem können solche Kleinigkeiten nichts anhaben.

David und Brian bleiben noch bis in die Nacht hinein im Studio, nehmen auf, tüfteln an den Liedern. Als David, bekokst und überdreht, in die große Wohnküche kommt, wo die Schlossbewohner abends zusammensitzen, ist er überrascht, Morrison noch anzutreffen. Nicht nur ist Morrison noch da, er singt auch, von Iggy auf der Gitarre begleitet, eine Bluesnummer. Ein wenig lallt er stellenweise, aber seine Stimme ist gut. David winkt zwei Groupies und zieht sich mit ihnen auf sein Zimmer zurück.

Entspannt und noch einmal erleichtert kommt der dünne weiße Herzog in die Wohnküche zurück. Der Eidechsenkönig liegt auf dem Boden, er blutet aus der Nase. David spürt in seiner Nase ein Brennen, das aber nicht von einer Sympathie zu Morrison kommt. Der ist nur im Suff gestürzt, die Aufregung legt sich schnell. Wo soll man ihn hinbringen? Nach Paris kann und will niemand mehr zurückfahren. Also schickt David Morrison und Pam ins Herrschaftszimmer.

Am nächsten Morgen spricht David mit Kiki.

— Wir werden uns jetzt nicht mehr so oft sehen. In nächster Zeit leider gar nicht.

— Was ist los?

— Meine Frau ist eifersüchtig. Und ich würde meinen Sohn verlieren, wenn sie sich scheiden lässt. Also ist es besser, wir beenden unsere geschäftlichen Beziehungen und sind einfach nur noch Freunde.

— Du feuerst mich?

— Nein, ich feuere dich doch nicht! Sieh es doch nicht so! Ich muss nur das Wohl meines …

Lautes Geschrei unterbricht David. Es kommt aus dem Herrschaftszimmer. Es ist Pam, die so laut schreit. David und Kiki hören Wortfetzen wie *Schwanz zusammenbricht, nicht ficken kannst, lass mich in Ruhe, impotent.* Ein schweres Möbelstück muss im Herrschaftszimmer umgefallen sein, außerdem fliegen irgendwelche Sachen herum, wenn David und Kiki die Geräusche richtig deuten.

Morrison kommt unsicheren Schrittes die Treppe herunter und wünscht Kiki und David verlegen einen guten Morgen. Er trägt ein nicht mehr sauberes Hemd und darüber keine Jacke, obwohl es recht frisch ist. Auf seiner Lederhose zeichnen sich Kotzespuren ab, seine Stiefel zieren alte und neue Urinflecken.

— Komm, Morrison, ich fahre nach Paris. Wenn du schnell fertig bist, nehme ich dich mit. Wir frühstücken unterwegs, ich kenne da ein nettes Bistro im nächsten Ort.

Während Morrison sich von David verabschiedet, setzt Kiki sich ans Steuer ihres Wagens. Mit verschränkten Armen steht David im Schlosshof, als der Kies unter den Reifen aufwirbelt und Kiki mit Morrison aus seinem Leben fährt.

8

WENN JIM am späten Nachmittag aus dem Kino kommt, kneift er die Augen zusammen, weil er gleißendes Sonnenlicht erwartet, wie er es von L. A. gewohnt ist und wie er es auf der Reise in den Süden hatte. Doch seit Jim und Pam wieder zurück sind, ist der Himmel bedeckt. Paris ist eine graue Stadt.

Seine Spaziergänge unternimmt Jim nun von der Rue Beautreillis aus, aber die Route ist noch immer ungefähr dieselbe wie vom Ausgangspunkt George V. Als Freunde des Mannequins nach Paris kommen und eine Unterkunft brauchen, ziehen Jim und Pam in ein Hotel in der Rue des Beaux-Arts in Saint-Germain. Pam würde sich das Leben mit einem Rockstar anders vorstellen, sie lässt ihre Sachen ungern in der Rue Beautreillis zurück. Andererseits kann sie sich nicht beschweren, denn L'Hôtel ist eine schicke Designerunterkunft, in der auch Jorge Luis Borges abstieg und in der Oscar Wilde seine letzte Bleibe hatte. Jim und Pam wohnen sogar in Oscar Wildes Zimmer. Das Hotel liegt auch zwischen der Seine und dem Boulevard Saint-Germain, fast direkt auf Jims Spazierroute.

Dann reisen die Freunde des Mannequins wieder ab, und Jim und Pam kehren in die Rue Beautreillis zurück. Kiki macht ihre Ankündigung wahr und fährt mit ihnen ins Château d'Hérouville, das etwas über dreißig Meilen nördlich von Paris gelegene, mit einem topmodernen Tonstudio ausgestattete Schloss aus den 1740er Jahren, in dem Bowie aufnimmt. Pam sitzt auf dem Beifahrersitz, Jim lümmelt auf der Rückbank. Kiki erzählt von legendären Sessions der Grateful Dead. Jim erinnert sich an gemeinsame, das heißt nacheinander gespielte Konzerte mit dieser Band, und dass ihr Sänger ihn nicht mochte. Ihm ist Grateful Dead egal. Iggy, sagt Kiki, werde auch dasein, und der sei ein Riesenfan von Jim. Der lächelt geschmeichelt, er findet Iggy ziemlich okay, sagt aber weder über ihn noch über Grateful Dead etwas.

— Was hält Bowie von den Doors? fragt er stattdessen.

— Weiß ich ehrlich gesagt gar nicht, sagt Kiki.

— Naja, er hätte uns nicht eingeladen, wenn er die Doors nicht gut fände.

— Er weiß gar nicht, dass wir kommen. Ihr seid meine Überraschung, sagt Kiki. Aber nicht für Bowie, sondern für Iggy.

— Oh! sagt Pam.

Das Château d'Hérouville ist nicht das Chateau Marmont. Aus dem Chateau Marmont ist Jim gefallen, deshalb hinkt er. Auch sein Husten hat begonnen, nachdem er aus dem Fenster des Chateau Marmont gefallen und auf einem Autodach gelandet war. Rund um das Château d'Hérouville ist ein Garten, von einem Park zu reden, wäre schon übertrieben. Und rund um den Garten ist ein kleines Dorf, Hérouville. Ob er hier den Unterschied zwischen Amerika und Europa aufs Wesentliche reduziert findet, fragt sich Jim. Das Chateau individuell, sich aus seiner Umgebung heraushebend, als Hotel allen offenstehend, die zahlen können; das Château dagegen mehr Zivilisationsprodukt denn Ausdruck persönlichen Willens, sich in seine Umgebung einfügend und diese sich aneignend, von seinen Erbauern und einstigen Besitzern verlassen und nunmehr angloamerikanischen Populärmusikern als Kulisse und Inspiration dienend. War dem so? Oder war einfach das Chateau neu das Château alt?

Kiki und Marie-Claude zeigen Jim und Pam das Schloss. Marie-Claude ist, wenn Jim richtig versteht, die Freundin des Franzosen, der das Studio managt, und gerade achtzehn geworden. Vor zwei, drei Jahren waren manche von Jims Freundinnen auch noch achtzehn. Solange er nüchtern war, lebte er eine ehrliche Romantik mit ihnen, aber sobald er trank, kam ihm alles verlogen und beengend vor und er beleidigte und vergraulte sie. Heute wären ihm die Achtzehnjährigen fast schon zu jung. Andererseits werden die auch älter. Ihm fällt auf, dass hier im Schloss alle höchstens Anfang zwanzig zu sein scheinen und er mit seinen siebenundzwanzig Jahren der Schlossopa. Im Rausch, im Vollrausch nämlich, zu dem sein Rausch immer sehr schnell wurde, konnte er auch mit den Frauen nichts anfangen. Der Anblick Marie-Claudes erinnert ihn an eine kalifornische Blondine, über die er sich völlig besoffen beugte, ohne zu irgendeiner sexuellen Handlung imstande zu sein. Wie oft ist ihm das passiert? Wann hörte es auf, ihm peinlich zu sein? Wann hörte er auf, wenn er völlig verkatert aufwachte, sich den

Kopf darüber zu zermartern, was er alles angestellt hatte, was er kaputtgemacht hatte, woher die Wunden an seinem Körper kamen?

Über Iggy muss Jim lächeln. Die Überraschung ist gelungen, Iggy umarmt Kiki und begrüßt Jim und Pam schüchtern wie ein junger Fan vom Land. Er ist ja auch in einem Trailer irgendwo im nordamerikanischen Nirgendwo aufgewachsen. In Europa gibt es kaum Leute, die in Wohnwagen leben, nur ein paar Roma in Granada hat Jim gesehen und ein paar deutsche Hippies. Die Verehrung, die Iggy ihm entgegenbringt, hat Jim das Gefühl, gilt einem, den es gar nicht mehr gibt, gilt einem jüngeren, gesundstrotzenden Jim, gilt dem Eidechsenkönig, der sich doch in Wirklichkeit schon gestürzt hat, der sich häuten muss, um ein anderer zu werden.

Entschuldigend sagt man Jim einige Male, dass Bowie gerade aufnehme. Man sitzt in einer großen Gruppe im Schlossgarten um einen Tisch und trinkt Wein. Jim bemerkt, dass sich alles, wenn auch insgeheim und indirekt, um ihn dreht, dass seine Anwesenheit die Gedanken und Wege der Schlossbewohner mitbestimmt. Er steht auf einer Stufe mit Bowie, was seinen Status als Musiker und Rockstar betrifft. Aber eigentlich sind alle wegen Bowie hier im Schloss, und schön langsam sollte Bowie seinen Statusgenossen begrüßen.

Dafür sorgt Iggy, der Bowie aus dem Studio herauslotst. Jim und Bowie interagieren ganz ruhig und höflich, was auch an Iggy liegt. Nach ein paar freundlichen Worten lädt Bowie Jim und Iggy ein, ins Studio mitzukommen.

Brian nimmt mit ihnen ein paar kurze Gesangspassagen auf. Damit macht Bowie Iggy eine große Freude, und Jim gibt er die Chance, großzügig zu sein. Obwohl Jim sich nicht sicher ist, ob Bowie sich sicher ist, dass er seine Stimme auf seinem Album haben will, singt er gern. Das Studio ist aufwendig ausgestattet und die Tonleute arbeiten professionell. Es ist wie im Elektrastudio, wo die Doors monatelang an ihrer vierten Platte, *The Soft Parade,* tüftelten, und ganz anders als in der eigentlich primitiven Doors-Werkstatt, in der sie Anfang des Jahres *L. A. Woman* aufnahmen. Trotzdem verkauft die neue Platte sich viel besser als ihre Vorgängerinnen. Wie verkaufen sich Bowies Platten? Wahrscheinlich sehr gut. Was ist seine aktuelle Single? Jim weiß es nicht. Ein kalter Kokser jedenfalls, Bowie.

Jim hat auch bemerkt, dass Bowie und Pam einander sofort zulächelten. Wie Jagger und Pam damals beim Doors-Konzert in der Hollywood Bowl. War Bowie nicht schwul? Im Studio ist jedenfalls nichts von ihm zu sehen. Ist er draußen an Pam dran?

Eine Weile tut sich nichts. Jim liest Jack Kerouac und schaut in den Himmel. Dann ist Pam mit den Frauen des Schlosses beschäftigt und Jim sitzt mit Iggy und anderen Musikern und sonstigen Kerlen im Garten und plaudert und trinkt. Er ist, wie er in einem frühen Doors-Lied gesungen hat, unterwegs und kann nicht umkehren, da es zu spät ist. Damit waren aber die Dinge gemeint, die sich zwischen ihm und einer Frau entwickelten, sobald sie einander einmal angelächelt hatten. Jetzt ist es mit dem

Alkohol so. Wenn er zu trinken anfängt, muss er es durchziehen wie die Beziehung mit einer Frau. Über die späteren Stadien einer Liebesbeziehung hat er auch mit den Doors gesungen, über den zweimaligen Sex vor dem Abschied und auf der neuen Platte noch über die wahnhafte Liebe zur Partnerin, die gerade wieder einmal nach einem Streit abhaut. So ist es auch mit dem Rausch: schön, aufregend, spannend am Anfang, dann prekär und verzweifelt wild, am Ende betäubend und kaputt. Die anderen Drogen, die er bekommt, das LSD und das Marihuana und die Substanzen, deren Namen er vergessen hat, sind die Affären, die er nebenbei hat die ihm eine kurze intensive Freude bereiten, auf die Dauer aber alles nur schlimmer machen.

Die Schlossbewohner treiben fröhlichen Unfug im Garten, die Frauen und die Männer mischen sich wieder zu einer großen Gruppe, es gibt zu essen und zu trinken. Jim trinkt. Eigentlich sind Pam und er gar keine Schlossbewohner, aber solange Kiki nicht zur Rückfahrt nach Paris ruft, denken sie selbst auch nicht daran. Pam hat bemerkt, dass es zwischen Kiki und Bowie irgendeine Unstimmigkeit gibt und dass Kiki wohl wartet, bis David aus dem Studio kommt.

Am Abend wird es kühl und windig, das Geschehen verlagert sich ins Haus. Jim sitzt zwischen Pam und Iggy und trinkt. Sein linkes Auge, sieht Pam, ist schon ein wenig verschwollen. Wenn er ein, zwei Tage nüchtern ist, geht die Schwellung ganz weg, aber je mehr er trinkt, desto stärker schwillt das Auge an. Sie kann am Schwellungsgrad ablesen, wie betrunken er ist. Von der lebhaften, manchmal euphorischen, manchmal aggressiven Phase, die mit der mittelstarken Schwellung einhergeht, ist er nicht mehr weit entfernt, von der lethargischen, die danach kommt und das Auge fast zur Gänze verbirgt, noch einige Flaschen und Stunden.

Iggy fragt Jim, ob er nicht singen möchte. Jim ist einverstanden. Iggy nimmt eine Gitarre und spielt einige Bluesnummern, Robert Johnson und John Lee Hooker und Muddy Waters. Jim hustet zwischen den Liedern und muss einmal seinen Schluckauf mit zwei Gläsern Whiskey bekämpfen, aber er singt gut. Alle haben sich um Jim und Iggy versammelt und lauschen. Sie spielen einige Nummern von Elvis Presley und von Frank Sinatra.

Sie machen eine Pause, die Jim zum Whiskey-Trinken nützt. Bier trinkt er ohnehin die ganze Zeit. Nach der Pause spielen und singen auch ein paar andere Leute mit. Irgendwann schaut Bowie kurz vorbei. Pam und er lächeln einander kurz zu. Jim bemerkt ihn gar nicht. Er verschwindet auch gleich wieder mit zwei Freundinnen.

Jim steht auf und wankt Richtung Toilette. Er fällt über einen Stuhl, direkt auf die Nase. Man setzt ihn auf den Stuhl, die Füße in den Cowboystiefeln auf einen anderen Stuhl gelegt, die Beine in der alten schwarzen Lederhose ausgestreckt, der Bauch unter dem hippen Hemd sich hoch wölbend – was beruhigend ist, denn es bedeutet, dass er atmet –, ein kaltes feuchtes Tuch in den Nacken gelegt, der Kopf hinter der Stuhllehne hängend und daran die langen trockenen Haare. David kommt, jemand muss ihn gerufen haben. Er kümmert sich persönlich darum, dass Jim und Pam das beste und größte Zimmer im Schloss für die Nacht bekommen. Um nach Paris zurückzufahren, ist es jetzt zu spät, und Jims Zustand ist zu schlecht.

Nach einiger Zeit beginnt Jim zu husten. Er schafft es bis zur Toilette, wo er ausgiebig kotzt. Zwei Kerle helfen Pam, ihn ins Herrschaftszimmer des Schlosses zu bringen, wo man dem Star und seiner Freundin ein Bett hergerichtet hat.

Der Hahnenschrei vom Nachbargarten weckt Jim. Er ist gerührt. Er bemerkt, dass er noch einigermaßen betrunken ist, aufs Klo muss und einen Steifen hat. Er beschließt, Pam wachzuficken, um alter Zeiten willen. Sie wacht auf, als er gerade in sie eindringt, und stößt ihn weg. Mit einem Seufzen zieht sie ihn wieder zu sich zurück, spreizt die Beine, lässt den Kopf zurückfallen und schließt die Augen, als denke sie an England. Das törnt Jim ab, außerdem drückt Pam auf seine volle Blase. Seine Erektion ist verschwunden, vergeblich versucht er, von neuem in Pam einzudringen. Diese verdreht theatralisch die Augen.

Pam kratzt Jims von allerlei Wunden gezeichneten Oberkörper fest mit ihren Fingernägeln, springt auf und beschwert sich lauthals, er solle sie gefälligst nicht aufwecken und er ob nicht wisse, dass man ohne einen Steifen nicht ficken kann. Von einem Tisch nimmt sie eine Vase und wirft sie nach Jim. Der springt hinter einen Kleiderständer, aber so ungeschickt, dass der Kleiderständer umfällt. Der Krach lässt Pam und Jim innehalten.

Das Geschrei und die geworfene Vase und der umgefallene Kleiderständer sind nichts Außergewöhnliches in ihrer Beziehung, doch es fällt ihnen ein, dass sie weder zuhause noch in einem Hotelzimmer sind, sondern ungebetene Gäste Bowies in einem Schloss. Jim schlüpft in seine Lederhose, sein schmutziges gestriges Hemd und seine Cowboystiefel. Auf dem Weg in den Schlosshof hinunter erkennt er die Toilette, entleert seine Blase, spült sich den Mund aus, trinkt einen Schluck und wäscht sich mit kaltem Wasser das Gesicht.

Im Schlosshof stehen Bowie und Kiki. Offenbar haben sie eine Meinungsverschiedenheit. Das ist Jim angenehm, er grinst. So ist sein Streit mit Pam weniger peinlich. Die Morgenluft und das Morgenlicht stärken ihn zusätzlich.

Kiki lädt ihn ein, mit ihr nach Paris mitzukommen, und startet ihren Wagen. Jim verabschiedet sich freundlich von Bowie und bedankt sich für die Gastfreundschaft. Keine Zwietracht, kein übler Wille ist zwischen den beiden Männern zu spüren, als sie einander die Hand schütteln und umarmen.

Jim prüft, ob sein Portemonnaie in der Tasche seiner Lederhose ist. Seit Korsika ist er vorsichtiger geworden. Er hat alles dabei, was er braucht, und steigt zu Kiki ins Auto. Sie redet etwas von einem Frühstück in der nächsten Ortschaft. Jim ist froh, das Schloss hinter sich zu lassen und weiterzufahren, weiter im Leben.

IV

A

DAVID nähert sich Pam nur langsam. In einer Aufnahmepause trinkt er mit ihr Apfelsaft und raucht Zigaretten. Sie verabreden sich für den späteren Nachmittag. Wozu sie sich verabreden, spezifizieren sie nicht, es fällt ihnen kein romantischer Vorwand ein. David lässt die Groupies und Herumlungerer hinauswerfen, es sind nur mehr die Musiker, einige Partnerinnen und das Dienstpersonal im Schloss. Und David und Pam.

Es hat zu regnen begonnen. David und Pam rauchen im Herrschaftszimmer Joints.

— Wie ist Berlin? fragt Pam.

— Gut, sagt David. Ich mag Deutschland. Sehr.

— Ich auch. In Kalifornien habe ich eine Sammlung deutscher Pistolen. Luger. Über zwei Dutzend Stück.

— Dann solltest du mal nach Deutschland kommen.

— Das heutige Deutschland ist wohl nicht mehr so wie vor 1945.

— Stimmt! Und wie ist Paris?

— Gut. Ich wollte eigentlich weg von L. A. Weg von Morrison vielleicht. Aber jetzt habe ich ihn hierher geholt, er hat ja Angst vor seinem Prozess und vor dem Gefängnis. Ich habe eine große Wohnung gefunden, Freunde, Dealer.

— Berlin ist die Heroinhauptstadt Europas. Das wusste

ich nicht, als ich von L.A. und all dem Koks flüchtete.

— Heroinhauptstadt klingt gut. Vielleicht sollte ich doch nach Berlin. Vielleicht ist Paris die falsche Stadt für mich.

Das Cannabis wirkt stark auf David. Die verletzliche, verletzte Pam mit ihrem blassen Teint und den verschwommenen Augen hat jene lockere, selbstsichere kalifornische Art, die es in England nicht gibt. Aber sie ist auch eine gebildete Tochter der wohlhabenden vorstädtischen weißen Mittelklasse, darin erinnert sie ihn ein wenig an die Engländerinnen, mit denen er zu tun hat. Und natürlich an seine Frau. An seine amerikanische Frau, die jetzt in England ist.

Auf dem Bett, in dem Morrison und Pam übernachtet haben, fickt David Pam. Machen Pam und David Liebe. Es ist viel besser als mit seiner Frau, findet David. Keine Pflicht, sondern Freiheit. Und es ist besser als mit den Groupies. Gleicher, ernster.

Pam scheint es, nach ihren Geräuschen und Bewegungen zu schließen, auch gefallen zu haben. Aber dann wird sie nervös, springt auf und schusselt herum. Sie setzt beiden einen Schuss Heroin. David fühlt sich wohl und entspannt, die Dosis dürfte stimmen. Er hängt seinen Gedanken nach, heckt Lieder aus und tändelt mit Pam. Aber natürlich will er noch einmal Sex. Sie tun eine Weile herum, aber irgendwie klappt es nicht so gut. David hat zwar einen Steifen, aber er fühlt sich irgendwie von ihm getrennt. Er ist von einer Ejakulation weit entfernt, irgendetwas hält seinen Samen in ihm zurück. Nicht einmal die zehn Sephirot helfen.

— Es ist dieses Zimmer! ruft David. Wir müssen hier raus!

Ein paar Tage später fährt David mit dem Zug nach London. Pams Heroin war künstlerisch und sexuell seine Sache nicht, jetzt treibt ihn wieder Kokain durch seine Tage und Nächte. Bei der Victoria Station haben sich tausende Fans versammelt, um seine Heimkehr zu feiern. Im schwarzen Hemd steht David in einem offenen schwarzen Mercedes, fährt durch die ihm zujubelnde Menschenmenge und macht den Hitlergruß.

Unverkennbar deutsch ist sein Gruß aus dem deutschen Auto, und noch dazu trägt er ein schwarzes Hemd wie die englischen Faschisten einst unter Oswald Mosley. Die Abendausgaben der Boulevardzeitungen bringen die Bilder groß und prominent. In den Morgenausgaben steht, dass seine Mutter eine Anhängerin Mosleys war. Aus Deutschland trifft die Nachricht ein, dass David den Schreibtisch Joseph Goebbels' gekauft hat und darauf in seiner Berliner Wohnung seine Lieder schreibt.

David sagt, er habe nur gewinkt. Es tauchen Fernsehbilder auf, die David mit dem deutsch gestreckten rechten Arm zeigen. Das eine Mal grüßt er England acht Sekunden, das andere Mal dreiundzwanzig Sekunden. Die Hauptnachrichten senden die Aufnahmen in voller Länge und der Kommentator fügt hinzu, anhand von Photos lasse sich rekonstruieren, dass David zumindest zwei weitere Male mehr als eine Viertelminute den rechten Arm ausgestreckt gehalten habe. Sein Management dementiert jegliche hitleristische Intention seitens Davids.

Die Plattenfirma kündigt den Vertrag. Rechtlich, sagt Davids Management, kann man dagegen nichts tun. Es gibt eine Klausel über das Ansehen der Plattenfirma schädigendes Verhalten, aufgrund derer die Kündigung unanfechtbar ist. Dabei verkaufen sich seine Platten seit dem Skandal wie nie zuvor, überall in Europa und Nordamerika und Südamerika und Australien und Neuseeland und Japan sind sie bald ausverkauft, sogar die frühen und die schwierigen, die sonst eher Ladenhüter waren. Die Plattenfirma presst seine alten Platten nach, aber neue wird sie keine mit ihm machen. Das Material, das er im Château d'Hérouville eingespielt hat, gehört von Rechts wegen der Plattenfirma, die Urheberrechte an den Liedern aber ihm. Es ist unklar, wie und wann er das neue Album herausbringen kann und ob er es neu einspielen muss. Die Anwälte raten ihm, geduldig zu sein.

Die BBC spielt seine Lieder bis auf Weiteres nicht mehr. An mehreren englischen Universitäten werden Protestmärsche gegen ihn abgehalten. In den seriösen Zeitungen erscheinen kurze nüchterne Berichte über sein Grußverhalten bei der Victoria Station. Ein konservativer Kommentator weist auf die Gefahren der hysterischen, rückgratlosen und primitiven Popularmusikkultur hin und nennt David als das krasseste Beispiel. Veranstalter in den USA sagen geplante Konzerte ab und fordern schon bezahlte Vorschüsse zurück. David versteckt sich im Haus seiner Eltern. Seine Mutter findet im Briefkasten frisches menschliches Exkrement.

Verschiedene britische Politiker verurteilen Davids Gruß,

nur Enoch Powell sagt, man müsse bei einer Geste wie bei einem Wort immer fragen, was in einer konkreten Situation mit ihr gemeint sei, denn allein für sich genommen bedeute sie noch nichts. Verboten ist der deutsche Gruß, anders als in Deutschland, in England freilich nicht, und Strafverfolgung braucht David keine zu fürchten. Allerdings verhängt die BRD ein Einreiseverbot gegen ihn. Auch nach West-Berlin wird er nicht mehr fahren können.

David wacht in einem weißen Raum auf. Sein Halbbruder Terry steht vor ihm. Sein an Schizophrenie leidender und die meiste Zeit in einer geschlossenen Anstalt lebender Halbbruder besucht ihn im Krankenhaus. Es ist kein Traum. David hat im Kokain- und Alkoholrausch ein Auto in die Leitplanken gesetzt. Terry fragt, wie es ihm geht. David lächelt. Er hat Terry in all den Jahren nie besucht, hat immer Angst gehabt, er könnte selbst wahnsinnig werden, könnte sich im Irrenhaus akuten Irrsinn holen.

Er hat nur ein paar Prellungen und Blutergüsse. Die Ärzte raten ihm zu einer Entziehungskur und entlassen ihn. Die Journalisten bekommen Wind von seiner neuerlichen Eskapade. Sein Management fliegt ihn in einem Privatflugzeug aus, auf seinen Wunsch nach Paris. Das ist nicht weit, niemand hat ihm dort Verträge gekündigt oder ihn mit Einreiseverbot belegt, und außerdem wartet dort Pam auf ihn.

Seine Hotelsuite betritt David kaum einmal. Er stellt in Bars und an bekannten Adressen Heroin für Pam und Kokain für sich auf, und auch ein wenig Kokain für Pam und Heroin für sich. Wenn die Sonne aufgeht, sitzt er mit

Pam in der Rue Beautreillis und trinkt Champagner. In einem Karton im Vorzimmer liegen die Weinflaschen, die Pam mit Morrison ausgetrunken hat. Iggy hat angerufen, Morrison ist bei ihm in Berlin auf Besuch. Pam wusste das gar nicht, der Eidechsenkönig war nach einer kurzen nüchternen Aussprache einfach aus ihrem Leben verschwunden. Allerdings bemerkt David die Präsenz von Pams Heroinquelle, einem jungen Typen namens Jean, der angeblich ein Graf ist. Er nimmt sich vor, den Kerl gut zu bezahlen, damit er seinen Stoff liefert und sich ansonsten von Pam fernhält.

Paris Match bringt ein Photo von ihm mit Doppelkinn und leerem bedrogtem Blick und Kotzespuren auf dem Hemd. In Life ist er mit Pam bei Bier und Zigaretten in einem Straßencafé zu sehen, ein etwas kaputtes Touristen- oder Kunststudentenpärchen in Paris. Dass David jetzt mit Morrisons Ex etwas laufen hat, ist keine echte Geschichte für die Journalisten, zu oft war eine Marianne schon zuerst mit einem Mick und dann mit einem Keith zusammen. In den englischen Zeitungen liest er, dass seine deutschen Grüße keine rechtlichen Konsequenzen haben werden. Die Radio- und Fernsehanstalten boykottieren ihn aber weiterhin und Deutschland hat die Aufrechterhaltung seines Einreiseverbots beschlossen.

Zwei Treffen mit seinen Anwälten lässt er platzen, beim dritten Mal ist er doch zur rechten Zeit in seiner Hotelsuite. Er erfährt, dass er seinen Lebensstil wohl ändern wird müssen. Sein altes Management, die Konzertveranstalter und die Plattenfirmen fordern Geld, man wird versuchen müssen, sich mit ihnen irgendwie zu einigen. Und seine Frau wird er abfinden müssen. Der Verkauf des Chalets in der Schweiz ist unumgänglich. In der derzeitigen Situation besteht überhaupt keine Aussicht darauf, dass er das Sorgerecht für seinen Sohn bekommt. Die Frage ist, ob ihm ein Besuchsrecht zugestanden wird. Die Anwälte erklären ihm, dass seine Karten besser sind, wenn er gar nicht darauf drängt, ein Besuchsrecht zugestanden zu bekommen. Darauf lässt David sich nicht ein, um seinen Sohn will er kämpfen. Die rein finanziellen Dinge unterschreibt er alle so, wie die Juristen sie vorbereitet haben.

Als am nächsten Tag, dem längsten des Jahres, im Marais die Sonne aufgeht und Pam tief schläft, hat David schon seine erste Frühstücksdosis Kokain geschnupft. Er geht in der Küche auf und ab. Irgendwie stinkt es in der Wohnung, deshalb macht er das Fenster auf. Sein Geruchssinn ist durch das Koksen geschwächt, also muss es wirklich arg stinken, sonst würde er es gar nicht bemerken. Vielleicht liegt es an seinem Durchfall? Aber auch bei geöffnetem Fenster lässt der Gestank nicht nach. Vielleicht kommt er von draußen? David lehnt sich aus dem Fenster. Frühe Sonnenstrahlen, Vogelgezwitscher, Leute auf dem späten Nachhauseweg, andere Leute auf dem frühen Weg in die Arbeit, Lastwagen mit Milch. Und gute frische Luft.

David macht das Fenster zu und geht schnuppernd durch die Wohnung. Der Geruch kommt aus dem Vorzimmer. Genauer gesagt aus dem riesigen Karton mit den leeren Weinflaschen. Aber so stinken doch kleine alte Weinreste nicht. Hinter dem Karton entdeckt David eine schwarze Lederhose. Sie ist der Quell des Gestankes. Soll er sie in den Müll werfen? Das wäre ein unnötiger Akt der Unfreundlichkeit. Oder sie waschen lassen? Geht wohl nicht mit Leder. Er öffnet das Fenster wieder und bindet die Hose an den Gürtelschlaufen fest. Wenn der Wind sie holt, soll es ihm auch recht sein. Jedenfalls gehört die Hose ausgelüftet.

B

OB DIE DOORS in so einem echten alten Schloss aufnehmen könnten? Sie passten wohl besser in die kleine Werkstatt am Santa Monica Boulevard, denkt Jim, als sich in einer Kurve auf der Landstraße noch einmal das Château d'Hérouville zeigt. Irgendetwas ist geschehen mit ihm oder in ihm in diesem Schloss. Er weiß nur noch nicht, was.

Gestern ist er im Gras gelegen und hat *Satori in Paris* von Jack Kerouac gelesen. Früher hat Jim immer gelesen, jeden Tag den ganzen Tag. Dann wurde er schlank und ein Rockstar, und sein Leben war viel zu interessant, als dass er hätte lesen wollen. Oder viel zu hektisch und zerfahren und anstrengend, als dass er hätte lesen können. Ein paar Seiten oder ein, zwei Kapitel, das ging oft einmal, aber erst in den letzten Wochen in Paris hat er wieder begonnen, ganze Bücher zu lesen. Ist sein Leben wieder so langweilig geworden, dass er Bücher liest? Oder hat er eine neue Ruhe gefunden?

— Willst du ein normales französisches Frühstück? fragt Kiki. Baguette, Butter, vielleicht einen Croissant und starken heißen Kaffee?

— Ja! lacht Jim. Ja! Ein normales französisches Frühstück. Man trinkt zum Ausnüchtern kein Bier. Diesen Satz, *Man trinkt zum Ausnüchtern kein Bier,* hat Jim gestern Nachmittag bei Kerouac gelesen, auf Französisch und auf Englisch. Den französischen Satz hat Jim wieder vergessen. Kerouac ist in Brest und kommt nicht von dort weg, weil sein Koffer verschwunden ist und die Flugzeuge nicht fliegen. Noch blau von der Nacht kommt er am Morgen in ein Café und bestellt ein Bier, eines jener elsässischen Biere vielleicht, an die er immer denkt. Vielleicht ein Kronenbourg, denn ein anderes kennt Jim nicht. Ob Kerouac andere kannte? Der Kellner klärt Kerouac darüber auf, dass man, um wieder nüchtern zu werden, kein Bier trinkt, sondern ordentlich frühstückt. Kerouac trinkt trotzdem ein Bier.

Jetzt ist Kerouac aber tot. Kerouac war Mitte, Ende vierzig, als er, ein versoffenes Wrack, starb. Jim könnte also noch zwanzig Jahre saufen, bis er sterben würde. Oder noch zehn Jahre saufen und dann sein Leben ändern. Was war denn langweiliger als Mäßigung? Das war das Ideal der älteren christlichen Hausfrauen, die ihre Ehemänner gängeln wollten. Die hatten weite Teile der Vereinigten Staaten trockengelegt und zum Desaster der Prohibition geführt. Er war doch ein Dionysiker, ein Mann des Rausches. Die Doors waren eine dionysisch-apollinische Band. John, Ray und Robby spielten den apollinischen Part und er sang den dionysischen.

Oder war es umgekehrt? War nicht die Instrumentalmusik für Rausch, Exzess und Entgrenzung zuständig und sein Gesang das ausgleichende vernünftige, ordnungsgebende Element? Wahrscheinlich, denkt Jim und nippt an seinem apollinischen Kaffee, waren alle immer beides, sowohl dionysisch als auch apollinisch. Und beides hatte seine Zeit, das Dionysische wie das Apollinische.

Seine dionysische Zeit ist abgelaufen, das versteht Jim jetzt. Bis zur völligen Enthemmung saufen und sonstige Drogen nehmen, alle rund um sich beleidigen und sich dabei die Gesundheit und die Schaffenskraft ruinieren, das ist ohnehin höchstens eine christlich entstellte Verfallsform des Dionysischen. Kein Schamane lebt so, und bestimmt auch kein griechischer Dionysiker. Die anderen Doors haben es ihm ja gesagt, dass er durch seine Alkoholexzesse sich und die Gruppe kaputtmacht. So langweilig, so unsexy, so alt es klingt: er muss sein Leben ändern. Er muss eine radikalapollinische Lebensphase beginnen. Vernünftig, ruhig und klar muss, will er sein Leben führen.

— Bowie hat mich gefeuert, sagt Kiki. Er ist ein Arschloch.

— Du warst seine persönliche Assistentin?

— Ja. Ich habe ihm das Leben organisiert.

— Musste er sich lösen? Selbständig werden, erwachsen werden?

— Oh, kein Psychogebrabbel bitte! Es steckt bloß seine Frau dahinter. Sie droht, ihm den Sohn wegzunehmen usw. Eifersucht. Weibliche Eifersucht. Und Rache. Weibliche Rache.

— Verstehe.

— Nein, verstehst du nicht. Ich bin nur Bowies Freund, war Bowies Freund. Kein Sex.

— Er ist ja auch schwul.

— Das außerdem. Aber er ist nicht der dünne weiße Herzog. Da bist du schon eher der Eidechsenkönig.

— Ich bin der Eidechsenkönig, sagt Jim und trinkt seinen Kaffee aus. Beide lachen.

— Weißt du, ich würde dir ja einen Job als meine persönliche Assistentin anbieten, wenn ich nicht schon eine hätte, sagt Jim im Auto zu Kiki. Und wenn ich mehr Geld hätte.

— Ist sie hier oder in L. A.?

— Sie heißt Robin, eine Kanadierin. Irgendwie zweisprachig, wie Kerouac. Sie hilft mir nur hier in Paris. Ich kann ja so gut wie kein Französisch.

— Dann brauchst du ja keine Assistentin mehr.

— Doch, ich will weg hier. Weg von Paris, weg von Pam. Bowie will zu seiner Frau, und ich will weg von meiner.

— Seid ihr verheiratet? Pam und du?

— Mehr oder weniger. So voodoo- und hexenmeistermäßig in einem Schamanenritual getraut. Nicht staatlich oder kirchlich, darauf stehen wir nicht so.

— Dann kann sie auch keine Forderungen stellen, wenn du sie verlässt.

— Netter Nebeneffekt.

— Wohin willst du? Wieder in die Staaten?

— Kann ich nicht, ich habe einen Prozess laufen, bin sogar verurteilt. Ich will fürs erste in Europa bleiben. Korsika oder eine andere Mittelmeerinsel kann ich mit gut als Urlaubsdestination für die nächsten Wochen vorstellen. Aber wenn der Sommer vorbeiist, will ich wieder in einer

Stadt wohnen. Was gibt es außer Paris? Nur London, Wien und Berlin, oder?

— Ich kenne schon auch noch ein paar andere Orte. Aber Berlin kann ich dir empfehlen. Berlin ist geil. Dorthin kommen alle Westdeutschen, die nicht zum Militär wollen. Viele coole junge Leute sind dort. Gesellschaftlicher und künstlerischer Aufbruch. Und ich glaube, die liefern einen nicht so leicht aus von dort. Rein theoretisch hat das amerikanische, britische und französische Militär dort das Sagen, aber davon kriegst du nicht viel mit.

— Klingt gut.

— Vielleicht wird ja jetzt Bowies Wohnung frei, wenn er zu seiner Frau zurückgeht. Ich werde einmal mit Iggy reden. Die beiden wohnen nämlich im selben Haus in Berlin.

Kiki setzt Jim in der Rue Beautreillis ab. Jim nimmt ein Bad, zieht sich um und packt eine kleine Tasche. Seine Lederhose und allerlei sonstiges Gewand und Zeug, auch alle Schallplatten und die meisten Bücher, lässt er zurück. Er isst ein letztes Mal im Restaurant gegenüber zu Mittag. Statt der üblichen Flasche weißen Bordeaux trinkt er zwei kleine Biere, das ist sein Kompromiss mit sich selbst.

Er checkt in ein kleines preisgünstiges Hotel ein, in dem er schon einmal ein paar Nächte verbracht hat. *Satori in Paris* hat er bald ausgelesen, nach den anderen paar Büchern, die er mitgenommen hat, steht ihm nicht der Sinn. Er schreitet seine gewohnte Spazierroute ab und hängt vagen dunklen Gedanken nach. Zwischendurch trinkt er noch ein Bier, schließlich war bei Kerouac vom

Frühstück die Rede und nicht vom Nachmittag und Feierabend. Die Leute, die er in Paris kennt, hat er keine Lust zu kontaktieren, weder Robin noch Agnès noch Alain noch Hervé. Er wartet, bis es achtzehn Uhr ist, denn dann ist es in L. A. neun Uhr und er kann etwa Bill, den Doors-Manager anrufen.

— Jim, hast du es schon gehört? ruft Bill ins Telephon.

— Was?

— Deine Verurteilung wurde aufgehoben. Wir haben es selber erst gestern Abend erfahren und die ganze Zeit versucht, dich zu erreichen. Verfahrensmängel. Der Richter hätte die Feststellung der in der Gemeinde geltenden Standards für sittenwidriges Verhalten zulassen müssen. Und das Verrückteste: sie haben Richter Goodman wegen Korruptionsverdachts suspendiert. Er hat anscheinend irgendwelche Schmiergelder angenommen. Laut unseren Rechtsanwälten ist das sehr gut für uns, dein Verfahren könnte eingestellt werden. Jedenfalls bist du jetzt offiziell nicht mehr verurteilt.

— Klingt ziemlich gut. Sonst irgendwelche Neuigkeiten?

— L. A. Woman verkauft sich super, die Singles auch. Wann kommst du zurück? Wir denken an einen neuen Plattenvertrag. Columbia würde wahrscheinlich dreimal so viel zahlen wie Elektra. Und eine kleine Konzerttournee im Herbst wäre jetzt auch leichter zu realisieren, wo du kein Krimineller mehr bist.

— Na, warte mal ab, Bill. Nichts überstürzen.

Im Café de Fleure, wo man Jim immer sofort einen

guten Platz freimacht, trifft er zufällig Rebecca, eine amerikanische Studentin, die er vor ein paar Wochen kennengelernt hat. Er nimmt sie mit ins Hotel, der Sex ist okay. Jim begleitet Rebecca zur Metro und setzt sich in eine Bar. Bei einem weißen Bordeaux lässt er den langen, gelungenen, einschneidenden Tag Revue passieren.

Am nächsten Morgen frühstückt Jim französisch, ohne Bier. Er beschließt, nur mehr zwischen Mittag und Mitternacht Alkohol zu trinken. So hat jeder Tag eine apollinische und eine dionysische Hälfte. Allerdings sieht er schnell ein, dass er jeden Tag um Mitternacht sternhagelvoll schlafen gehen und am Vormittag nur warten würde, bis es zwölf Uhr ist. Also beschließt er, jeden zweiten Tag überhaupt keinen Alkohol zu trinken. So wird er abwechselnd einen dionysischen und einen apollinischen Tag haben, wobei der dionysische sich in eine apollinische und eine dionysische Hälfte teilt. Mit so einem Regime ist er kein Rockstar, kein Eidechsenkönig mehr.

An den apollinischen Tagen geht er ins Kino, liest im Café die englischsprachigen Zeitungen, spaziert und schreibt Briefe, hin und wieder auch ein paar Zeilen in sein Schriftstellertagebuch. An den dionysischen säuft er mit Zufallsbekanntschaften in Clubs und Bars, torkelt hustend und hinkend durch die Straßen, kotzt aus fahrenden Taxis und kauert im Morgengrauen über Klomuscheln.

Mit Agnès und Alain besucht er einen Filmdreh und eine Party, auf der er sich langweilt. Es ist ein apollinischer Abend, und nüchtern ist die falsche Art der Pariser Kunstleute schwer zu ertragen. Er telephoniert viel mit Amerika, und alle fragen ihn, wann er wieder kommt, jetzt wo er freigesprochen wurde. Worauf wartet er hier? Er will noch mit Pam reden, erreicht sie aber nicht. Wahrscheinlich ist sie noch bei Bowie. Und er trifft sich in ein paar Tagen mit Kiki. Nach diesen Treffen will er weg aus Paris, entweder für ein paar Tage oder überhaupt.

An einem apollinischen Nachmittag sieht er in einer englischen Qualitätszeitung ein kleines Photo von Bowie. Schwarz gewandet und blond gescheitelt steht er in einem Mercedes-Cabrio und macht den Hitlergruß. Jim kann sich ein Lächeln nicht verkneifen. Als er die Artikel in den diversen Blättern liest, die Bowies politische Orientierung verurteilen und Konsequenzen fordern, kommt er in Feierlaune und bedauert, dass er sich nicht ein Fläschchen Wein genehmigen kann.

Auch am nächsten, dionysischen Nachmittag studiert Jim die englischen Zeitungen, diesmal bei ein paar Bier. Jetzt tut ihm Bowie fast ein bisschen leid, denn die Protestaktionen und die Boykottaufrufe und die dumpfdreisten Schmähartikel der konservativen Kommentatoren erinnern ihn an die Wochen nach dem Konzert in Miami. Natürlich gibt es einen gravierenden Unterschied zwischen ihm und Bowie: er hat für die Freiheit der Kunst und gegen die gesellschaftlichen Zwänge gehandelt, Bowie hingegen die Geste eines verabscheuungswürdigen Gewaltregimes gemacht. Endlich erreicht er Pam. Für einen apollinischen Nachmittag verabreden sie sich zur Aussprache. Sie tun beide so, als sei Jim, wie so oft in

L. A., nach einem Streit ins Motel gezogen und würde früher oder später wieder zu Pam zurückkommen. Aber sie spüren beide, dass es diesmal anders ist. Pam hat Bowie und ihr Heroin, Jim einen Freispruch und ein Treffen mit Kiki. Daran denken sie, als sie sich verabschieden.

Mit Kiki trifft Jim sich zu einem dionysischen Mittagessen. Sie erzählt ihm, dass Bowie nicht mehr in die BRD einreisen darf, auch nicht nach West-Berlin. Iggy sagt, so Kiki, Jim könnte Bowies Wohnung ohne Weiteres übernehmen, er habe schon mit der Vermieterin geredet. Iggy wäre dann Jims Nachbar und könnte ihm in Berlin behilflich sein.

— Klingt sehr gut, sagt Jim.

V

A

DIE HOTELSUITE gibt David auf. Einen Teil der Rechnung bleibt er schuldig. Zwanzig Anzüge nimmt er mit in Pams Wohnung, auf einer Stange im Vorzimmer hängend sind sie den Elementen ausgeliefert. Für die Hemden und die Krawatten und die Unterhosen und die Socken findet Pam Platz in einem Schrank, Morrisons Krempel hat sie weggeworfen. David überlegt, wie er den überflüssig gewordenen Teil seiner Garderobe teuer an Fans verkaufen könnte, bringt sie dann aber in einen edlen Second-Hand-Laden, wie die Pariser das tun.

Tagsüber, während Pam schläft, spaziert er die Rue de Rivoli hinunter bis zur Place de la Concorde und weiter über die Champs-Élysées bis zum Triumphbogen, an manchen Tagen sogar bis in den Bois de Boulogne, und zurück erst ein Stück die Seine entlang, die ihm entgegenfließt, dann über den Boulevard Saint-Germain, die Île de la Cité und die Île Saint-Louis in die Rue Beautreillis. Dort macht er sich eine Flasche Wein auf, setzt sich vor sein Notizbuch, denkt an sein Drehbuch und seine Autobiographie, ohne dass ihm irgendein Einfall käme, und wartet, bis Pam aufsteht. Nach ein paar solchen Flaneurtagen fühlt er sich, trotz Wein und Marihuana und Kokain, ein wenig fitter, doch als Pam ihn fragt, ob er sich denn in einen Morrison verwandelt habe, vergeht ihm die

Lust am Flanieren. Außerdem ist es sehr heiß geworden, zu heiß für lange Spaziergänge sogar schon am Vormittag.

Die Ferien beginnen, viele Pariser verlassen die Stadt, Touristen ersetzen sie. Hin und wieder zeigt jemand auf der Straße mit dem Finger auf David. Er ist nur ein kleiner dünner Mann mit Sonnenbrille und Hut, aber manche erkennen noch den großen Rockstar. David verspürt jedes Mal eine gewisse Erleichterung, aber dass er die Erleichterung spürt, ist ihm unangenehm.

Die Stones nehmen in Südfrankreich eine Platte auf, aber weder David noch Pam bekommen Mick oder Keith ans Telephon. Das Französisch des Hausmeisters, mit dem sie sprechen, verstehen sie nicht. Als David am selben Tag zum dritten Mal anruft, holt der Hausmeister einen Manager oder Juristen, dem Akzent nach ein Ire. Die Stones, sagt er, hätten einen vollen Kalender bis September, aber spätestens dann würden sie sich bei ihm melden. Immerhin erreicht David Marianne. Sie hat auch keinen Kontakt mehr mit Mick und Keith. In ein paar Tagen kommt sie aus London nach Paris, gemeinsam mit dem Grafen. David fragt sich, ob sie als Drogenkurier für ihn arbeitet und ob so eine bekannte Frau eine gute Tarnung für einen Dealer sein kann. Vielleicht geht es dem Kerl nur darum, die Freundinnen und Exfreundinnen von Rockstars zu bumsen, vielleicht ist das auch der einzige Grund, warum er überhaupt Drogen verkauft.

Pam und David sind unruhig, und er führt die Unruhe auf die bevorstehende Ankunft des Grafen zurück. Vielleicht liegt es aber auch nur an der Leere in seinem Leben.

Am Nachmittag haben sie meistens Sex, dann ist es kurz etwas besser, aber die Abende lasten schwer auf ihm und durch die heißen kurzen Nächte schaffen sie es nur berauscht und betäubt.

Am Vormittag, wenn Pam schläft und er in der Küche weder sein Drehbuch noch seine Autobiographie noch ein Lied schreiben kann, fühlt er sich in der Lage, sein Leben zu ändern. Dann ruft er seinen Manager an und erreicht nur den Assistenten, der ihm versichert, alles laufe weiter wie bisher, alle Verträge würden selbstverständlich eingehalten, man müsse nur abwarten, bis die Radio- und Fernsehstationen, die Konzertveranstalter und die Deutschen sich beruhigten. Die Verkaufszahlen seien immer noch gut.

Nach Deutschland reisen darf er nicht, aber anzurufen hat man ihm nicht verboten. Er erreicht Iggy und hört nur Morrison, Morrison, Morrison. In Iggys Redeschwall kommt auch das Wort *Havel* vor, mit dem er nichts anfangen kann, bis Iggy ihm erklärt, dass es sich um einen Fluss handelt, zu dem sie Ausflüge machen. David schreibt das Wort *Havel* in sein Notizbuch, es kommt ihm irgendwie geheimnisvoll vor. Er assoziiert ganz viele Dinge mit dem Wort, weiß aber nicht welche. Sobald er das weiß, will er ein Lied schreiben oder ein Drehbuch oder einen Roman.

Dann ist wieder Samstag, und samstags ist Davids Sohn bei Oma und Opa. Da ruft David immer an und spricht mit ihm.

— Wann kommst du zu mir nach Paris?

— Ich fahre mit Mama nach Cornwall. Tschüss Papa, ich muss in den Garten!

David spricht noch kurz mit seiner Mutter. Der Kleine spielt Ball, alles ist in Ordnung. Am Abend holt die Mama ihn wieder ab, und morgen fährt er zu irgendwelchen Leuten, die sein Papa nicht kennt, nach Cornwall, da ist er schon nervös. Dort gibt es Pferde und Kühe und Muscheln am Strand, er liebt es.

Marianne und der Graf sind in der Stadt. Der Graf kommt in die Rue Beautreillis, bringt weißes Pulver. Marianne ist im Hotel geblieben und hat Schlafmittel genommen, sie lässt sich entschuldigen. David, Pam und der Graf gehen aus, in einen Club, wo der Graf verkauft und David und Pam Kontakte pflegen. David ist über die Gesellschaft des Grafen und den Club nicht sehr erfreut und drängt Pam zur Nachhausefahrt. Sie haben ja, was sie wollen. Pam geht es nur um das Heroin, aber zum Heroin gehören der Graf und der Club und die Leute im Club, das versteht David nicht, denn er hat immer alles, was er wollte, einfach so bekommen.

— Du wirst immer mehr wie Morrison, sagt Pam im Taxi.

David lacht.

In der Rue Beautreillis lässt er sich ein Bad ein. Er fühlt sich leicht, sein Husten ist weg, die Blessuren von seinem Autounfall spürt er nicht. Das verdankt er dem Heroin. Aber er will wieder sein wie früher, kreativ und voller Energie. Er will das weiße Pulver wechseln.

Er sucht sich im Vorzimmer ein Hemd und einen Anzug für nach dem Bad. Neben dem Heizkörper findet er Morrisons Lederhose. Er lacht. Pam muss sie irgendwann hereingeholt haben, oder die Putzfrau. Barfuß und mit nacktem Oberkörper, nur in Jims Lederhose, die ihm zu lang und zu weit ist, präsentiert er sich Pam, die sich eine Bowie-Platte anhört.

— Oh, die stinkt doch! sagt Pam.

— Stimmt! sagt David. Und ohnehin muss sich eine Hose an den Körper des Trägers anpassen, ob Baumwoll- oder Lederjeans.

David setzt sich in die Badewanne. So wie bisher wird die Hose jetzt jedenfalls nicht mehr stinken. Auf dem Tischchen neben der Badewanne hat er schon das Kokain schnupfbereit hergerichtet. Er trocknet sich die Hände und das Gesicht sorgfältig ab und zieht erst links, dann rechts eine Straße durch den Hundert-Franc-Schein seine Nase hoch.

Erst als er sich wieder in die Badewanne sinken lässt und seine Gesichtsmuskulatur entspannt, merkt er, dass etwas nicht stimmt. Panisch spült er sich mit Badewasser die Nase aus, hustet, röchelt und wimmert. Pam hört ihn nicht, die Musik ist zu laut, sie hört ihn nur singen. Alles erscheint ihm ganz weit weg, er verliert das Bewusstsein.

Pam ist, ein Modejournal auf dem Schoß, eingeschlafen. Die Platte läuft noch fertig, auch das Knacksen des Tonarms weckt sie nicht. Als sie aufwacht, findet sie David tot in der Badewanne. Den Grafen erreicht sie am Telephon nicht, im Club hebt auch niemand ab. Agnès erreicht sie. Die ist fünfzehn Jahre älter als sie und Französin, die wird wissen, was zu tun ist.

Agnès kommt mit Alain, der alle Drogen aus der Wohnung fortschafft. Dann ruft Agnès den Notarzt, der Davids Tod feststellt. Pam ist aufgewühlt und bekommt nicht recht mit, was geschieht. Der Polizei sagt sie in ihrem ungenügenden Französisch, sie sei Davids Cousine und David habe in ihrem Beisein nie Drogen genommen.

Der Arzt hat ein Kuvert überreicht bekommen und macht Herzversagen zu Davids offizieller Todesursache. Der Graf verlässt sofort Frankreich, er reist nach Marrakesch. Alain und eine Sekretärin des Pariser Büros von Davids Plattenfirma kümmern sich um das Begräbnis. Die Leichenbestatter kommen in die Rue Beautreillis. Pam wählt den billigsten Holzsarg. Die Bestatter hüllen die Leiche in Plastik und versiegeln den Sarg. Es ist sehr heiß, mehr als achtundvierzig Stunden dürfe der Sarg auf keinen Fall hier bleiben, sagen sie.

Der britischen Botschaft melden sie den Tod eines David Jones, der außer seiner Cousine Pamela keine Verwandten habe. Der Pariser Friedhofsverwaltung sagen sie, David sei ein berühmter Autor gewesen, man möge ihm ein Grab auf dem Friedhof Père-Lachaise zuteilen. Als er hört, dass Davids Grab in unmittelbarer Nähe von Oscar Wildes liegen soll, protestiert Alain, und es findet sich eine Stelle in einem bescheideneren Teil des Friedhofs.

Der Motor des Fuhrwerks, auf dem Davids Sarg den Hügel hinauftransportiert wird, stört die Stille des Friedhofs. Eine kleine Grube, eng zwischen die Gräber gedrängt, ist ausgehoben. Grabstein gibt es keinen.

Die Sargträger lassen den Sarg in die Erde und entfernen sich. Die fünf Trauergäste stehen stumm da, Pam murmelt einige Worte. Die Bestatter beginnen, Erde auf den Sarg zu schaufeln. Die Trauergäste entfernen sich. Der Tod schreibt weiß.

B

ALS JIM nach Berlin kommt, sind weder Iggy noch Kiki da. Er kennt keinen Menschen in der Stadt. Dem Taxifahrer am Flughafen sagt er eine Adresse in der Schöneburger Hauptstraße, dort erwartet ihn die Vermieterin.

Die Taxifahrt ist sehr kurz. Von einem großen, charakterlosen Platz führt die Hauptstraße eine fast unmerkliche Anhöhe hinauf. Ist das der Berg in *Schöneberg*? *Schön* und *Berg* versteht Jim, obwohl er ebensowenig Deutsch kann wie Französisch. Der Berg ist kein Berg und es ist auch nicht schön hier. Die Gegend ist weder arm noch reich, ganz unamerikanisch. Als die Häuser gebaut wurden, war hier offenbar Geld, aber jetzt wohnen Arbeiter und Ausländer hier, eine starke orientalische Starre rostet die alte deutsche Ordnung an.

Die Vermieterin ist eine freundliche deutsche Dame. Sie zeigt ihm die sieben Zimmer und klärt ihn in ihrem Schulenglisch über die Kosten, die Zahlungsmodalitäten, die Heizung und allerlei andere Dinge auf. Bowie hat seine Möbel zurückgelassen, Jim kann sie für eine noch zu spezifizierende Summe übernehmen, ein Vertrauter Bowies wird kommen und die Details klären. Die Vermieterin erwähnt die ruhigen Bewohner des Hauses, und Jim versteht, dass er nicht zu viel Lärm machen soll. Er suche selbst Ruhe für seine Arbeit, sagt er. Die werde er hier finden, sagt die Vermieterin, doch sie erwähnt auch die kinderreichen türkischen Familien in ihrem Haus. Sie sagt das in einem neutralen bis fragenden Ton, den Jim nicht recht zu deuten weiß. Will sie sich für die Anwesenheit der Türken entschuldigen? Oder will sie zum Ausdruck bringen, dass er doch hoffentlich nicht einer jener Menschen sei, die nur ihresgleichen in ihrer Umgebung dulden?

Jim hinterlegt eine Kaution in bar. Eigentlich braucht er nur ein Zimmer, er wohnt ja die meiste Zeit in einfachen Hotels. Aber er will sein Leben ändern, vielleicht ist eine große Wohnung da hilfreich. Die Vermieterin händigt Jim die Schlüssel aus und fragt, wann er einziehen wird. Er versteht ihre Frage nicht recht.

— Natürlich sofort! sagt er. Ich komme direkt vom Flughafen.

— O mein Gott! sagt die Vermieterin. Bei dem Herrn, der vor Ihnen hier gewohnt hat, hat es Wochen gedauert, bis alles so gestrichen und möbliert und arrangiert war, wie er wollte.

Bowies Schreibtisch findet Jim irgendwie irritierend und uninspirierend, aber am Küchentisch schreibt er gleich an seinem ersten, apollinischen Abend zwei halbe Lieder und ein Konzept für ein Drehbuch oder eine Erzählung. Er schläft auf einem Sofa unter irgendeiner dünnen Decke, die er findet.

Am nächsten Tag weckt ihn ein Klingeln an der Tür. Es ist eine Frau, die kein Englisch spricht, aber offenbar ein dringendes Anliegen hat, dessen Legitimität Jim nicht in

Zweifel zieht. Er geht mit ihr in das Geschäft der Vermieterin, das sich im selben Haus befindet. Die Frau ist Bowies Putzfrau und will jetzt für Jim putzen. Der willigt ein und engagiert sie für eine Grund- und Totalreinigung, er werde am Abend wiederkommen und sie bezahlen. Der Vermieterin ist das sehr recht, und sie bittet Jim, er möge auch Iggy, der eine kleinere Wohnung im hinteren Teil des Hauses hat, dazu bewegen, regelmäßig putzen zu lassen.

Jim spaziert die Hauptstraße hinunter. Es ist ein dionysischer Tag, aber bis Mittag ist auch der apollinisch, und so frühstückt er auf dem Gehsteig vor einem türkischen Café französisch.

Sein Blick fixiert den Fernsehturm auf dem Alexanderplatz. Der steht in Ost-Berlin, wenn er also in Richtung des Turmes geht, muss er irgendwann zur Mauer kommen. Er ist kein Eiffelturm, dieser Alexturm. Nagelneu ist er, und von einer fortschrittsfrohen Ästhetik, die längst tot ist. Überhaupt ist Berlin kein Paris, scheint ihm. Es fehlt die historische Tiefe. Ein zu einem Philadelphia aufgeblasenes Oldenburg ist Berlin. Aber sehr nett und, wie er bemerkt, mit vielen schönen Frauen. Auf der Köthener Brücke überquert er den Landwehrkanal. Das eine Geländer der Brücke ist von der Darstellung eines Bären geschmückt. Irgendwo hat Jim schon das Berliner Stadtwappen mit dem Bären gesehen, und wahrscheinlich wird auch der Ursprung des Namens der Stadt mit diesem Tier in Verbindung gebracht. Das andere Geländer der Brücke zeigt einen Hirsch. Ob Berlin auch mit diesem Tier etwas zu tun hat? Er erinnert sich an die Geschichte des Aktaion, der ja auch mit Dionysos verwandt ist, nach irgendeiner der diversen Überlieferungen jedenfalls. In einer Jagdpause spaziert Aktaion durch den Wald und erblickt die nackt in einer Quelle badende Jagdgöttin Artemis, die Zwillingsschwester Apollons. Diese verwandelt ihn, aus Zorn darüber oder als Strafe dafür, dass er sie unbekleidet gesehen hat, in einen Hirsch. Seine eigenen Hunde spüren ihn auf, die Stimme versagt ihm, er kann sich, obwohl noch bei klarem Verstand, nicht als der zu erkennen geben, der er ist. Die Hunde zerfleischen ihn.

Ist er dieser Aktaion? Gejagt fühlt er sich. Aber von wem? Sind seine Hunde seine Fans, die ihn nicht als den erkennen, der er ist? Oder seine Freunde und Kollegen und Manager? Oder doch seine eigenen Wünsche, seine Begierden, seine Gelüste? Vielleicht alles zusammen. Und Artemis? War das Pam? Überragte Pam seine anderen Frauen und erkannte Jim, so wie Artemis ihre Nymphen überragte und Aktaion sah? Und somit sah, dass er sie sah? Er durfte sich von Pam nicht in einen Hirsch verwandeln lassen, so viel war sicher. Wäre er in Paris geblieben, hätten ihn die Hunde zerfleischt. Nun ist er in Berlin und Pam weit weg, keine Hunde sind hinter ihm her.

Eigentlich seltsam, dass Artemis Aktaion so bestraft, nur weil er sie nackt gesehen hat, denkt Jim, als die Köthener Brücke schon ein Stück hinter ihm liegt. Ein solches Verhalten hätte man eher dem judäo-christiano-islamistischen Gott zugetraut. Vielleicht waren die Griechen und Römer prüder und lustfeindlicher, als man dachte. Oder einfach orientalischer. Der westliche Mensch will und kann alles erkennen, sein Abscheu gilt dem Mangel an Erkenntnis.

Vielleicht war unter dem Erblicken der nackten Göttin auch ein dem Menschen unangemessener Erfolg, irgendeine Transgression, eine Hybris zu verstehen. Jim weiß es nicht. Er weiß nur, dass er kein Hirsch sein will. Aktaion hat seinen klaren Verstand, aber keine Stimme. Jim hat seine Stimme, aber sein Verstand ist nicht klar. Er wollte irgendetwas, irgendeine Göttin Artemis nicht klar sehen, deshalb das Trinken und die Drogen und der Wahnsinn.

In Gedanken versunken kommt er zur Mauer und zum Checkpoint Charlie. Könnte er mit seinem amerikanischen Reisepass hier in den Osten hinüberfahren? Er will es jedenfalls nicht riskieren. Wer weiß, ob die hier von seinem Freispruch wissen. Außerdem wollen ja die Leute aus dem Osten in den Westen. Natürlich. Wie kann irgendjemand auch nur die Frage stellen, ob der Osten oder der Westen besser sei, wenn so viele aus dem Osten in den Westen wollen und so gut wie niemand aus dem Westen in den Osten? Hirsche, denkt Jim, sind vielleicht auch die Mauerflüchtlinge, die in der Freiheit und im Wohlstand des Westens ihre Göttin Artemis erblickt haben, und ihre Hunde die Grenzsoldaten, die sie erschießen.

Jim macht kehrt, geht ein Stück die Mauer entlang, wendet dann dem Turm im Osten seinen Rücken zu, spaziert durch den Tiergarten zum Kurfürstendamm und vergisst, dass heute ein dionysischer Tag ist. Dann fällt es ihm ein, er trinkt zwei Bier und geht zurück nach Schöneberg, wo seine Wohnung frisch gereinigt ist. Er bezahlt der Putzfrau, was sie verlangt, sieht ein wenig fern und geht früh schlafen.

Kiki besucht ihn und stellt ihn einigen ihrer Berliner Freunde vor. Iggy kommt und ist ein Nachbar, der immer Zeit und Lust hat, etwas Wildes und Verrücktes anzuzetteln. Jim schaut sich aber meistens lieber Filme an, liest Bücher und schreibt ein wenig. Manche sagen, er sei langweilig geworden. Seine Freunde sagen, er sei erwachsen geworden. Frank und Kathy besuchen ihn, wohnen bei ihm in Schöneberg. Berlin sei nicht Paris und Jim nicht Jim, erzählen sie zuhause in L. A. Beides viel besser!

Über Kiki werden Bowies Möbel verkauft. Offenbar hat sie doch wieder Kontakt zu ihm, Jim fragt aber nicht nach. Wegen des Schreibtisches, auf dem Jim nicht schreiben will, tun die Käufer ewig herum, schließlich bezahlt ein dicker Deutscher eine horrende Summe dafür. Jim ist froh, dass das Ding endlich wegist.

In den englischsprachigen Zeitungen verfolgt Jim die Proteste gegen Bowie und die Kritik an ihm. Von Kiki weiß er, dass Pam und Bowie jetzt ein Paar in Paris sind. Eines Morgens klopft Iggy wie wild an Jims Tür:

— Mach auf, Jim! Bowie ist tot! Bowie ist tot in Paris, Jim, mach auf!

Pam hat Bowie tot in der Badewanne gefunden, mehr weiß Iggy auch nicht. Ein paar Stunden später erreicht Jim am Telephon Alain, der ihm alles bestätigt. Er hat den toten Bowie mit eigenen Augen in der Rue Beautreillis gesehen. Jetzt erst glaubt Jim die Geschichte.

Die englischsprachigen Zeitungen bringen mit einigen Tagen Verspätung Nachrufe auf Bowie. Sein Tod wurde aufgrund des Hitlergrußskandals und der Anti-Bowie-Stimmung offenbar geheimgehalten. So ambivalent, so insgeheim ablehnend Jim Bowie gegenübersteht, so eindeutig verurteilt er die herabsetzenden Nachrufe auf ihn in den etablierten Massenmedien. Als Musiker soll Bowie ein Schauspieler gewesen sein, aber weder als Musiker noch als Schauspieler mehr als ein mittelmäßiges Talent gehabt haben? Hinter den Rollen, die er sich für sich ausdachte, soll es keine echte Person mit Substanz gegeben haben? Drogen und Nazitum sollen seine Mittel gegen die Geist- und Seelenlosigkeit eines hohlen und minderwertigen Ästhetizismus gewesen sein? Jim kann dem nicht zustimmen. Er ist sich sicher, dass Bowies Werk, oder jedenfalls viele seiner Lieder, bleiben werden. Man wird Bowie noch hören, wenn niemand mehr die Zeitungen und ihre Journalisten kennt. Was jenseits der Mauer die Partei ist, sind im Westen die Medien. Hier in den Medien gut dazustehen, ist wie im Osten eine günstige Parteibeurteilung zu haben. Hier Journalist sein ist wie dort Parteifunktionär sein. Und die Medien und ihre Günstlinge im Westen werden einst nicht anders verurteilt werden als die Partei und ihre Schergen im Osten. Über ihn selbst, denkt Jim, würden sie wohl ähnlich schreiben, haben sie nach Miami ähnlich geschrieben. Aber er tut ihnen nicht den Gefallen zu sterben. Er hat noch eine Menge vor. Und es gibt ja auch die Fans, die vielen guten Leute, die zu Bowie halten, weil sie seine

Musik lieben, so wie die Doors-Fans zu den Doors hielten, weil sie ihre Musik liebten.

Aus Amerika kommt die Nachricht, dass er wegen der Vorfälle in Miami nicht noch einmal angeklagt wird, die ganze Sache ist abgeschlossen. Seine Furcht verlässt ihn, er macht gleich einen Ausflug nach Ost-Berlin, wo er alles grauer und archetypischer findet. Die Dinge, die Menschen und die Beziehungen zwischen ihnen sind in dieser byzantinisch-starren sozialistisch-christlichen Gesellschaft einfacher, unverstellter, eben archetypischer, ist sein erster Eindruck. Wahrscheinlich war es in der Nazizeit in Deutschland ähnlich. Die Komplexität der demokratischen Gesellschaft war undemokratisch. Für die einfachen Leute war das Leben in einer Diktatur einfacher. Die Unfreiheit, die staatlichen Repressalien, die Morde bemerkte der einzelne Mensch im Alltag nicht. Aber wie der Nationalsozialismus zu Ende ging, wird auch der Kommunismus, und wenn er noch so viele Mauern baut, bald wieder vorbei sein. In den Gesichtern der vielen bewaffneten uniformierten Männer auf den Straßen Ost-Berlins erkennt er nicht die Ruhe und Gewissheit der amerikanischen Soldaten auf den Stützpunkten und Schiffen, die er als Jugendlicher manchmal mit seinem Vater besuchte. Ihre Anspannung rührt daher, dass sie lieber ein freier westlicher Mensch wären, von ihrem Staat aber gezwungen werden, sich der westlichen Freiheit entgegenzustellen.

Jim versucht, weniger archetypisch zu schreiben, doch es gelingt ihm nicht gut. Vielleicht haben die Leute in der komplizierten freien Welt eine Sehnsucht nach der Einfachheit des Archetypischen. Er braucht einige Monate, bis er versteht, dass seine Gedichte mit Musik besser funktionieren, dass er ein exzellenter Liedtexter ist und nur an guten Tagen ein passabler Dichter. Seine filmischen Einfälle sind oft stark, aber brauchbare Drehbücher machen erst die Profis in Hollywood aus ihnen. In den Hansastudios direkt an der Berliner Mauer nimmt er Platten auf, die sich mäßig verkaufen, aber hoch gelobt werden. Es folgen Konzerte, der historische Auftritt der Doors am Brandenburger Tor, Reichtum, Ehen, Kinder, Ehrungen. Das Glück schreibt weiß.

Nachdem Kurt Leutgeb bei uns sieben und damit fast alle seine Bücher gemacht hatte — alle originell und stilistisch beeindruckend, einige großartig, trotzdem alle von den Kritikern der Medien, die ein nennenswertes Publikum erreichen, ignoriert, weil in einem unbekannten sogenannten *Kleinverlag* erschienen —, schickte er mir am 30. August 2016 (wie ich meiner Mailbox soeben entnahm) das Manuskript zu diesem Buch hier.

Nach den — leider bei unbekannten *Kleinverlagen* ganz normalen! — ständigen Verkaufsflops respektive Kaum- bis geradezu Nichtverkäufen war er damals entschlossen, sein Weiterkommen selber in die Hand zu nehmen — wie viele Autoren in den mittleren Jahren im Subkulturbereich, weil ihnen klar wird, daß endlich was geschehen muß, wenn aus ihnen noch was werden soll. Einmal hatte er schon gemeint, die unsichtbare Mauer des Nichtwahrgenommenwerdens überwunden zu haben — nicht allzulange, nachdem Merle Rüdisser und Bernd Schuchter den Limbus Verlag gegründet hatten, veröffentlichte er in diesem sein einziges Nicht-Sisyphus-Buch, den ausgezeichneten Roman »Kirchstetten«. (Im Regal neben mir, während ich das schreibe, steht das Exemplar mit handschriftlicher Widmung und Dank an mich für die »zehnjährige gute Zusammenarbeit«, das ich damals von ihm erhielt; etwa einen Meter vor der Schachtel mit einigen Exemplaren der Paperbackausgabe von »Kirchstetten«, die wir kürzlich machten, weil die Erstausgabe bei Limbus seit Jahren nicht mehr im Programm ist. — In dem weiland noch jungen Verlag hatte man sich, so hörte sich jedenfalls an, was Kurt damals dazu vernehmen ließ, nicht vorstellen können, daß ein Buch wie »Kirchstetten« nicht an ein Publikum zu bringen sein kann — wie sich noch taufrische Leute, egal ob Autor-, Kritiker- oder Verleger/innen oder alles drei zusammen, immer wieder bei einem Buch derlei nicht vorstellen können. Später wissen sie natürlich, wie der Hase läuft, und die Kritiker/innen unter ihnen, wenn sie sozusagen gereift sind, ignorieren dann mit einem Blick alles, von dem sie sich früher nicht vorstellen konnten, daß es keine Öffentlichkeit erreicht; und einige befällt im Laufe der Zeit zusätzlich der Wahn, daß sie alles Relevante kennen und darüberhinaus noch über alles andere einen Überblick haben.)

Dementsprechend freute ich mich für Kurt, als, wie er im Vorwort dieser Ausgabe berichtet, seine beiden Sportsfreunde Martin und Clemens, die in der Literatur ein paar Ligen über ihm ein Leiberl hatten, ihm helfen wollten, einen gscheiten Verlag (also einen mit Marie und Renommee) zu finden. Martin Amanshauser war Autor bei Deuticke, und er brachte das Manus naheliegenderweise der dortigen Chefin Martina Schmidt. Diese nahm es zwar nicht selber ins Programm, empfahl es aber der Literaturagentur Petra Eggers in Berlin (Kurt wäre es lieber gewesen, die Agenturen nicht beim Namen zu nennen, ich wüßte aber nicht, warum man es nicht tun sollte). Dort wollten sie allerdings einen Roman von etwas über 200 Seiten mit dem Plot des empfohlenen Manuskriptes. Man wolle diesen dem Heyne Verlag für dessen Buchreihe *Heyne Hardcore* anbieten. Kurt sei nun, sagte ihm der für ihn zuständige Mitarbeiter am Telefon, am anderen Ende des Literaturbetriebs angekommen — gegenüber einem Kleinverlag war natürlich gemeint, direkt vom Geschäftsnirwana in den Geschäftshimmel sozusagen. Er solle das Manuskript, während er daran schriebe, in kleineren Portionen mailen.

Ich hätte mich auf diese üblichen Scheiß-Handicap-(nämlich gegenüber den renommierten Kollegen, die ja schreiben können, was und in welcher Länge sie wollen, wenn man sie nur halten kann)bedingungen für Unbekannte in solchen publikumsorientierten Unternehmen nie und nimmer eingelassen. Kurt war für mich so ziemlich der Einzige, dem ich zugetraut hätte, so eine mutwillige Streckerei (die ja nahezu dazu verurteilt scheint, wie es in den Xenien heißt, »getretner Quark« zu werden, der »breit wird«, und »nicht stark«) zufriedenstellend hinzukriegen. Und er schaffte es auch wirklich — in (er ist ja außerdem Lehrer, zwecks der Marie, ohne die letztlich nichts geht) jahrelanger Kleinarbeit.

Allein der große Verkaufserfolg und damit das Bestsellerautorenleben hatten zwar aus dem Äther/Handy gewunken, zu Fühlung mit ihnen kam es nicht (wie wir auch schon es dem Vorwort wissen). Die Mails mit den jeweils neuen Textportionen blieben nach einiger Zeit unbeantwortet. Kurt brachte die Sache aber konsequent zu Ende. Um an diesem dann festzustellen, daß sozusagen »sein« Agenturmitarbeiter für ihn auch telefonisch nicht mehr erreichbar war, und man sagte ihm, dieser habe das Projekt aus persönlichen Gründen abgegeben. (Im lukrativeren Teil des Literaturbetriebs ist das keine seltene Umgangspraxis — man hegt Pläne mit diversen Autoren, setzt Hoffnungen in sie, versucht sie dort und da zu plazieren, zum Beispiel beim Klagenfurter Wettlesen mit Fernsehliveübertragung und enormer Medienresonanz, und macht ihnen mehr oder weniger verbindliche Angebote —, wenn aus den Hoffnungen nichts wird, ist man der Einfachheit halber für jene Leute dann nicht mehr zu erreichen. Nicht wenige von ihnen heften noch lange danach Hoffnungen an den Umstand, daß ihr Manuskript ja noch nicht dezidiert abgelehnt wurde, und deshalb aus dem ganzen eventuell doch noch was werden könnte.)

Nach den (wie auch schon im Vorwort erwähnt) weiteren Bemühungen des loyalen Amanshauser versuchte sich nun Clemens Berger als Vermittler. Und er empfahl das Manuskript — Martina Schmidt, und damit der Agentur Marcel Hartges respektive umgekehrt. Schmidt hatte sich nach der bisher letzten Auflösung des Deuticke Verlages im Jahr 2014 (er wurde weitgehend Zsolnay einverleibt, dem zweiten österreichischen Traditionsverlag, der von Hanser — wobei die weltweit einzigartige Verlagsförderung Österreichs vermutlich recht hilfreich war — zumindest leidlich wiederbelebt worden ist) Hartges angeschlossen. Mit diesem hatte sie zweifellos auch als

Verlagsleiterin bereits zufriedenstellend zusammengearbeitet und sie brachte in sie viele Deuticke-Autoren mit und auch andere Österreicher — wie, nehme ich jedenfalls an (denn er ist jetzt bei Hartges, wie man auf dessen Website sehen kann), Clemens Berger. Schmidt fand das nun zum Roman ausgebaute Manuskript gut (ob besser oder schlechter als die kürzere Variante weiß ich nicht) und es als Agentin durchaus aussichtsreich, es in angesehenem Hause unterzubringen. Nach einem zusätzlichen lobenden E-Mail Bergers über das bisherige Werk Kurt Leutgebs an Hartges wurde ein Vertrag mit diesem abgeschlossen. Und nach längerer Zeit und etlichen Ablehnungen von für eine aussichtsreiche Publikation ausreichend potenten Verlagen wieder aufgelöst.

Marcel Hartges war in seinen Anfangszeiten beim DuMont Verlag gewesen, stieg dort in die Führungsebene auf, wechselte zu Piper, und auf dieser Basis konnte er dann als Agentur erfolgreich Manuskripte vertreten und an große Verlage sowie Filmstoffe aus Büchern an entsprechende Gesellschaften vermitteln, die — da die Marie, zumindest in Form von Kreditwürdigkeit, vorhanden ist, und das Renommee ebenso — von den Publikumsmedien, die ja zum Teil zu denselben oder zumindest zu gleichen Konzernen gehören, nicht ignoriert werden wie *Kleinverlage* (klein heißt da ja nichts anderes als besitzlos, nicht kreditfähig, isoliert — etwas, das man nicht zu beachten braucht und mit dem in einen Topf geworfen zu werden, im günstigsten Fall lästig, im blöderen schädlich ist). Am schwierigsten zu vertreten sind aber natürlich auch für etablierte Agenturen Leute, die vorher nie bei einem erfolgreichen Verlag untergekommen sind. (Petra Eggers hatte übrigens als Lektorin bei Suhrkamp begonnen, kam dann zu S. Fischer und hatte damit eine gute Grundlage, eine erfolreichen Agenturtätigkeit aufbauen zu können. Und Martina Schmidt war seinerzeit von der »Österreichischen Akademie der Wissenschaften« zur Wiederbelebung von Deuticke gestoßen.)

Ironischerweise hätte inzwischen der Czernin Verlag die ursprüngliche kurze Version — die nun in diesem Buch vorliegt und zur Unterscheidung zur längeren Novelle genannt wird — angenommen, aber der ist auch nicht wirklich mehr als ein *Kleinverlag* (mit aufgrund der Herkunft seines Gründers und auch dessen Ansehen als langjähriger »Profil«-Journalist wohl mehr Marie [von vielen gern auch ganz ernst und heroisch Kapital genannt] und Renommee als Sisyphus oder Limbus, aber beides keineswegs ausreichend, um für ein Buch wirklich *was tun* zu können). Zudem war das zur Zeit des noch laufenden Vertrags mit Hartges und hätte das Roman-Veröffentlichungsprojekt natürlich gestört. So wurde diese Gelegenheit nicht wahrgenommen — ein kleiner Erfolg, etwas Balsam auf die Wunden war, von jemand weiterem gewollt zu werden, aber durchaus, denk ich.

Und auf diesen verwickelten Wegen — ganz der Natur gemäßen sozusagen (mich interessiert ja immer, wie Dinge zustandekommen, und wenn man genauer hinzuschauen die Möglichkeit hat, entsteht fast alles auf diese höchst komplexe Weise) — kam es zu Kurt Leutgebs verdoppelten Jim & David, beide in jedem der beiden Bücher unterschiedliche mythische Gestalten, jeweils düstere, aber jeweils andere Fürsten der Finsternis. (Ich vermute, das hat mit den verschiedenen Entstehungszeiten zu tun — sie sind in jedem der beiden Bücher Dämonen einer anderen Zeit, literarische Figuren und Texte und Gestaltungen von was auch immer speisen sich ja zwangsläufig aus den Gegebenheiten, dem Zeitgeist während ihrer Genese, wachsen aus ihrer Zeit heraus und halten sie in sich fest oder, wenn man will, spiegeln sie wider.) Und zugleich zu einem ziemlich einzigartig dastehenden formalen Experiment — zu zwei Erzählungen mit derselben Handlung, eine in der anderen vollständig vorhanden, ohne jegliche Kürzung, Veränderung (wie ich erst seit kurzem weiß, weil Kurt Leutgeb dem experimentellen Anteil seiner Ästhetik keine Bedeutung beimißt), und trotzdem beide von sehr unterschiedlichem Geist.

Und so begab es sich, daß Kurt sich am Ende seiner seltsamen Odyssee auf der Suche nach dem Erfolg für sein Projekt *Berlin & Paris* mit zwei Manuskripten und um ein einzigartiges und unfreiwilliges formales Projekt reicher, was ihn selber aber wie gesagt wenig interessiert, wiederfand. Und sich bei mir und unserem Bücherrettverein meldete (sozusagen mit seinem Pegasus wieder bei uns einritt) — weil es, wie er von vielen seiner Dichterfußballfreunde wußte, für den Verkaufserfolg ziemlich wurscht ist, ob man in einem quasi Hardcore-Kleinverlag oder in einem der mittleren Kategorie unterkommt —, um bei uns »veröffentlichen« zu können.

Ich las also nun die gestreckte Variante und fand sie wie ja nicht ganz unerwartet erstaunlich gut gelungen.

Meine Frage, Roman oder Erstfassung respektive was von beidem zuerst, war für den Kurt nahezu absurd. Roman natürlich, da Romane ja viel publikumsaffiner und beliebter seien (so sehr hatte er sich schon dem sozusagen echten Literaturbetrieb zugehörig gefühlt, daß er schon ganz vergessen hatte, wie die Gegebenheiten jenseits der Marie in der Literatur sind: nämlich ziemlich, wenn nicht beinah gänzlich, akademisch; oder auch glasperlenspielerisch, wenn jemand das möchte, aber nahezu alle, mit denen ich zu tun habe, wollen das nicht — sondern nur Ruhm, Bewunderung, Bildungsgötter werden [daß man das in zumeist faden Schulbüchern ist und in alles andere als selten blöden Feuilletons, stört sie nicht, diesen Einwand nehmen sie nicht einmal zur Kenntnis]).

Ich hätte ja lieber zuerst die Erstfassung drangenommen. Der Autor beriet sich deshalb bei einer, wie er sich ausdrückte, »Grillerei« im Garten seines Hauses mit seinen zwei Fußballspezis. Roman natürlich; das stand für die beiden, beide gestandene Romanautoren und echte Profis, außer Zweifel — »wenn du schon einen Roman hast«.

Den Roman haben wir dann also letztes Jahr, sagen wir es neutral, herausgebracht. Als — was bei uns selten und nur unter bestimmten Umständen geschieht — Hardcover mit Schutzumschlag: um ihm keinerlei Handicap mitzugeben am Weg auf den freien Markt.

Schönes Buch, in jeder Hinsicht — also sowohl Text als auch Buchgestaltung war da gemeint —, von allen inklusive Kurts als Autoren professionellen Sportsfreunden sehr gelobt. Nur von den Medien in der für *Kleinverlage* normalen Weise nahezu vollkommen ignoriert (und damit natürlich jenseits der Öffentlichkeit — öffentlich ist ja nur die Macht: im alten Athen der Stadtbürger und zugleich Patriarch, im Mittelalter die Repräsentanten der Lehen und seit dem Bürgerlichen Zeitalter die mit der Marie — wobei die sich's aussuchen können, ob sie öffentlich sein möchten: denn das Eigentum ist ja auch privat).

Ich wollte aber auch den ursprünglichen Text herausbringen — nicht zuletzt, weil ich ihn besser finde als seinen erstaunlichen längeren Nachfolger. Dem Kurt war daran nicht sonderlich gelegen. Aber zunehmend reizte es ihn dann doch.

Winfried Gindl

Mit Unterstützung der Stadt Wien und des Bundesministeriums für Kunst, Kultur, öffentlichen Dienst und Sport.

Bundesministerium
Kunst, Kultur,
öffentlicher Dienst und Sport

WIEN
KULTUR